# 愛を知らない

一木けい

JN116069

ポプラ文庫

# 愛を知らない

# 1

「戦争で生き残った二人の兵士が、祖国へたどりつく前に敗北を知って絶望する、そういう歌です」

合唱祭実行委員の青木《あおき》さんが、教壇で声を張った。

「燃えるように痛む古傷を抱えて、孤独な兵士たちは運命を呪い、もうおしまいだと打ちひしがれます。それでも最後には、兵士は立ち上がるんです。もしもふたたび、大切なあの方が戦うときが来たら、全力でお守りするのだと誓うんです！」

朝のホームルーム。クラスメイトたちはあくびをかみ殺している。

僕のふたつ隣の席の男子なんて、机に突っ伏して堂々と寝息をたてている。なんて羨ましい図太さだろう。僕は教室で居眠りをしたことなどない。寝言で妙なことを口走ってしまったら恥ずかしすぎる。

教室を見渡した青木さんはメガネの奥の目を細め、白チョークをつまんだ。そして黒板の真ん中に激しく、『二人の擲弾兵』とチョークが折れそうな勢いで書いた。

小柄な青木さんの字はとても大きい。青木さんが一文字書くごとに舞うチョークの粉と、力強く跳ねるその音が、彼女の合唱祭にかける意気込みを表している。擲弾なんて難しい漢字、よく書けたな。家で練習したんだろうか。

青木さんは上体をかすかに反らし、黒板の文字をじっと眺めてから、「てきだんへい」とふりがなを振った。

僕の机の上には楽譜が広げておいてある。さっき音楽の先生から手渡されたものだ。まだ弾いていない曲が脳内にあふれて、早く指から鍵盤へおろしてくれと叫んでいる。

僕がいちばんほっとするのは、ピアノを弾いているときだ。

伴奏など誰かの役に立つ形で弾いているときは、特に心が安らぐ。ここにいてもいい人間なのだとゆるされているような気がするから。本音を言えば、誰かに「あなたがいてくれてうれしい」と言ってもらえたらどんなに幸せだろうと思う。でもそれは高望みしすぎというものかもしれない。

「CDを聴いてわかったと思いますけど、アルトとバスのソロがあります。誰かやりたい人いますか？　自薦他薦問いません」

教室のあちこちで、ざわめきが起きた。

僕は教壇に立つ青木さんをじっと見ていた。仁王立ちしていてもまったく迫力のない青木さん。大きな丸メガネ、それに負けない大きな瞳。化粧はまったくしていない。しなくても肌はつるつるだし、睫毛《まつげ》はぱっちり上向きだ。毛量の少ないさらさらロングヘア。今日はパーカーにプリーツスカートという装いだが、もし、ハーフ丈のオーバーオールなんて着ていたら、きっと笑ってしまうだろう。あまりにアラレちゃんそっくりで。

僕の通う高校は校則がゆるい。高校に入学していちばんびっくりしたことが、そのゆるさだった。制服は一応あるが、始業式や卒業式などの式典以外は何を着てもよいことになっている。

服装のみならず、髪の色やアクセサリー、メイクにも特に縛りはない。さすがに下尻が見えそうなショートパンツや、虹色の髪、舌ピアスは、先生が注意する。けれどそれも上から押さえつけるというよりは、『それにはこういう危険が伴う』と生徒の身を案じてくれていることが伝わる声のかけ方だ。だから大人たちが眉をひそめるようなことをわざわざやって困らせようとする生徒は、滅多にいなかった。ほぼ毎日制服で通ってくる子も多い。僕のように。

中学時代は窮屈だった。厳しい校則が学校の中だけでなく通学路や家や旅先まで、網の目のように張り巡らされていた。早くこの牢獄から抜け出したい。自由になりたい。その一心で受験勉強に励んだ。

ところがいざ私服校に通いはじめると、制服も悪くないなと思う。堅苦しいものかもしれないけど、これはこれである種の居心地のよさがある。自分で決めなくてすむのは、楽だから。

教室の後方で、誰かが挙手する気配があった。

クラスメイトのどよめきや、その人物が放つ独特の神々しさで、そちらを見なくても僕にはそれが彼だとわかった。

僕はそろそろと、廊下側の最後列に顔を向けた。

四方八方に広がった獅子《しし》のたてがみのような金髪。厚みのある胸郭《きようかく》。目は大きくない。けれど奥底の光が、秘めた強い力を感じさせる。

「はい、ヤマオ」

青木さんに促され、ヤマオは分厚い手をおろした。

ゆっくり腰を上げた彼は、背が高いこともあって周囲からさらにずば抜けて目立った。

「やっていいなら」低いハスキーボイスが教室に反響する。「俺がやりたい」

瞬時に拍手が沸き起こった。「さんせーい」の声がこだまする。ヤマオは歓迎された。手だけでは足りず、上履きで床を踏み鳴らして大賛成する生徒もいた。波間を元気な魚たちが歓喜して跳ねているみたいだ。僕も掌《てのひら》がかゆくなるくらい叩き続けた。

教壇の真ん前に座る僕を、青木さんが見た。視線がぶつかった。

青木さんがうなずく。僕もうなずき返す。

いける。

僕はひそかに、二の腕に立った鳥肌を撫でた。ヤマオが歌うなら、ぜんぶうまくいくような気がした。

ヤマオは人目を惹く。どんな服を着ていても、たまに何かのコスプレのように黒髪に制服で登校してきたとしても、うしろ姿でそれがヤマオだとわかる。

音楽堂のステージに立つヤマオを想像した。

ヤマオならやってくれる。きっと堂々と歌い上げる。舞台にも映えるに違いない。これ以上ない人選だ。僕も伴奏をがんばろう。全力を尽くして金賞を狙おう。ひそかに武者震《むしゃぶる》いしながら、僕は楽譜を見つめ続けた。

一方、アルトのソロはなかなか決まらなかった。

立候補する女子は皆無。他薦の声も上がらなかった。もういっそくじ引きでという案に決まりかけたそのとき。

「なら俺、推薦していい？」

そうびりびり震える声で言ったのは、ほかでもないヤマオだった。ふたたび彼に視線が集まる。青木さんが快諾した。

「いいよ、もちろん。アルトのソロになったら、ヤマオと練習する機会も多いだろうしね。で、誰？」

「千葉《ちば》さん」

間髪容れずヤマオは言った。

その名をヤマオが口にした瞬間､巨人が腕を横に振って空気をならしたみたいに、教室が静まりかえった。


高校に入って二番目にびっくりしたことは、二年生で千葉橙子《とうこ》と同じクラスになったことだ。

遠い親戚の橙子が同じ高校に入学したことは、母から聞いて知っていた。けれどそれは「だから何」というくらいの情報にすぎなかった。僕と橙子が同じクラスになることはないだろうし、顔を合わせたって話すトピックもない。実際、一年のとき何度か廊下や昇降口ですれ違ったが、橙子は僕に気づくなり心底げんなりした顔でそっぽを向くのだった。そういう奴だ。

橙子がどんな人物か、一言で表すなら、支離滅裂《しりめつれつ》。

幼いころから僕は、彼女に対していい印象を持った記憶がない。機嫌好く積み木で遊んでいたかと思えば、とつぜん号泣しその積み木を投げつけてくる。僕は何度も流血した。何の脈絡もなく口汚くののしってくる。大人が仲裁に入っても、絶対に謝らない。譲らない。思い通りにならないと、のんでいた牛乳を畳にぶちまける。その始末をしている僕の母の頭に濡れた雑巾を載せてげらげら笑う。いきなり嚙みついてくる。腕に歯型が残ったこともある。スーパーマーケットでは商品を片っ端から床に落としていった。関わりたくない、近寄りたくない、なんとなく怖い、いつもそう思っていた。「誰々が涼《りょう》ちゃんを呼んでた」とか「おやつはケーキだって」とかの、くだらない嘘もよくついた。そんな嘘をついていったい何の得があるのか、僕にはまったく理解できなかった。橙子の口からきれいな言葉が出てくるのを聞いた覚えがない。いつも会うなりしかめ面だった。

高校で嫌な思いをさせられることも予想がついたけれど、うっとうしそうに無視されると、やはり気分が悪かった。自分が何か、特別汚いもののように感じられて。

そのうち橙子とは、視線すら合わせないようになった。

橙子は廊下でも教室でも、いつもひとりでいた。

僕がいまいる二年C組は、とても居心地の好いクラスだ。自分史上、最高のクラスといえるかもしれない。いつもなにか甘く快い香りがする。それはおそらく、機嫌の好い人特有の軽やかな匂いだ。カラフルな教室はダンス部の女子たちのおしゃべりや、華やかなスカートがゆれるときの風、吹奏楽部が鼻歌で奏《かな》でるマーチ、帰宅部のおしゃれ男女たちの笑い声、誰かがひっそりと本をめくる音、そういった心躍るもので満ちていた。

休み時間、クラスの女子が輪になってひらいているティーン雑誌には、同じ高校の女の先輩が載っていた。人気読者モデルの彼女は私服やバッグの中身を披露し、放課後に行く遊び場、バイト、友だちの顔まで紹介していた。一階の昇降口脇にある購買部の女性といっしょにピースして写っているスナップもあった。美人というよりは可愛らしい少年みたいな人で、栗色のベリーショートに、左耳の縁にみっつ並んだピアスがよく似合っていた。高校の名前もしっかり出ていた。この学校の自由を象徴するページだと思い、自分でも購入し、切りぬいて取っておいた。

皆それぞれに自分の世界を持っていて、楽しそうだった。

ただひとり、橙子をのぞいて。

橙子はそのいずれでもなかった。橙子だけが匂いも色も笑顔もなかった。まるで透明人間のように。

同じクラスになっても、僕が橙子と会話することはなかった。

実験や掃除で同じ班になり、用件を伝えなくてはならないから、仕方なく必要最低限の単語を発する。その程度だった。

何かの行事でグループを作るとき、誰も進んで橙子を仲間に入れようとはしなかった。時間を守らない上に、橙子には団体行動における協調性というものがまるでないからだ。そういうときでも彼女は、つんとすまして窓の外を見ていた。感じの好い女子たちが善意から声をかけても、はじめは無視。そのあと担任にしつこく促されてやっと、眉間に皺《しわ》を寄せ渋々動くのだった。僕は親戚として、彼女たちに申し訳ない気持ちでいっぱいだった。橙子が関わるすべてにひやひやした。

そんなまさかの人物を、しかもヤマオに推薦されて、青木さんは絶句した。丸メガネの奥の目がさらに大きく見ひらかれる。ちいさな手で口元を覆《おお》い、青木さんはつらそうに眉をゆがめた。

それから瞬きを二回した。それは何かを真剣に考えるときの青木さんの癖だ。そうやって目をぱちくりさせてから、思考の海に潜《もぐ》っていく。

即却下しないところが青木さんの善良なところだ、と中学時代から彼女を知っている僕は思う。橙子にソロは厳しいんじゃないか。思いつつも、青木さんは一応、念のために頭の中で検討しているようだった。

いや、でも、やっぱり、彼女だけは無理だろう。いくらなんでも。

口に出さずとも、多くの生徒がそう思っていた。僕も思った。橙子に、やれるはずがない。

だれかが堪《たま》らずプッと吹き出してしまったひと息で静寂は破られ、教室の空気がふっとゆるんだ。くすくす笑いや、むりやり緊張を解くようなあくびが聞こえてくる。

「ていうか千葉さん、いないし!」

バレー部の志穂《しほ》さんがまっとうな指摘をした。

言われなければ気づかないほど、橙子はいつも遅刻してきた。大事な話し合いをするから遅れないようにとお達しがあった今朝ですら。ソロに推薦などされなければ、橙子がいないことに気づく生徒はほとんどいなかっただろう。なにしろ透明人間なのだから。

「いない人に決めたら、さすがにまずくない?」

ダンス部の女子が援護射撃《えんごしゃげき》した。彼女たちの発言に、悪意はにじんでいない。

青木さんは苦々しい顔つきで腕を組み替え、窓際の最前列に目をやった。

空席。ただひとり、集まれと言った時間に集まらないクラスメイト。そんな人間にソロが務まるだろうか?

青木さんはひょいっと教壇から飛びおり、教室の前扉をあけた。首を思い切り伸ばし、つま先立ちになって廊下の先を見ている。もうすぐホームルームは終わり、一時間目がはじまってしまう。橙子のやって来る気配はない。

「ねえちょっと涼ちゃん」

完全に緊張感をうしなった騒々《そうぞう》しい教室で、青木さんが僕に話しかけてきた。

「千葉さんに連絡とってよ」

「な、なんで僕」

「イトコなんだから、家に電話とか、しやすいでしょ」

「イトコではないよ。大叔母《おおおば》の娘だって。遠い、遠――――い親戚」

「遠くたってさあ、身内には変わりないいんだから、メールの一本くらい入れてみてよ。だいたいなんなの？　あの人。今朝のホームルームは全員参加って話したじゃん。ね？　昨日の帰りも念押ししたよね？」

青木さんの唇が赤いのは、怒りのあまり噛みしめているせいではなく、ここへ来る前、すでに吹奏楽部の朝練メニューをこなしてきたから。きれいな色だ。

「ねえ、なに考えてんの？」

丸メガネの奥の目にじっと見つめられて、どきっとした。でもそれは、僕に向けての発言ではなかった。

「ちゃんと言ったのに、あの人なんで来ないわけ？」

「僕に訊かれても……」

青木さんは大きなため息をついた。

「はっきり言って、千葉さんがソロになってうまくいくとは思わない。でも、ヤマオが推すなら、なんかそれなりの意味があると思うのよ」

「それは、僕もそう思う」

「だから今すぐ呼んで」

「むりだよ。親戚っていっても、いっしょに遊んだのは小さいころだけだし。今は、結婚式とかお葬式くらいしか会うときないんだよ。メールアドレスなんて知る由もないし、僕が電話したって何の効果もないと思う。青木さん、してみたら」

「今日、携帯忘れてきちゃったんだよね」あっけらかんと青木さんは言った。「でもまあ、そうだよね、千葉さんてあんな風だもんね。それにしても涼ちゃんと千葉さんてぜんぜん、似てないよね？」

「橙子は母の叔母の娘だから。そこまで離れてたら、血が繋がってたって似ないでしょう、ふつう」

「それでも親戚だったら、なんかどっか、同じ血を感じさせる部分があるものよ。顔立ちが遠くたって、毛関係はわりと似るし」

「毛って」直接的な表現に、吹き出してしまう。

「髪や眉のことだよ。涼ちゃん、へんなこと考えてないでしょうね。あと、爪の形とかさ」

　確かに言われてみれば、橙子と僕は顔も毛もまったく似ていない。爪の形までは知らないけど。

「性格もね、涼ちゃんは顔も中身もふつうで害がないでしょ。千葉さんは顔はまあ、きれいなつくりをしてるけど」

　けど、の続きは聞かなくてもわかった。

　身内を悪く言われたことよりも、安堵の方が大きかった僕は薄情者だろうか。

　青木さんが自分の腕時計に目をやる。

「よし決めた！　あと五分待って来なかったら、千葉さん以外のアルトで、くじ引きして決めよう」

「さすがにもう来ると思うよ」

「どうだか」つぶやいて青木さんは、また廊下の奥に目をこらした。

　僕は手持ち無沙汰に楽譜をめくる。

「とりあえず時間もったいないから、ＣＤかけるね」青木さんがしびれを切らしたように言った。「これが終わるまでに来なかったらくじ引き。それでいい？　ヤマオ」

　ヤマオはゆったりと椅子の背もたれに体重をかけ、笑ってうなずいた。

　前奏は短い。一瞬といってもいいくらいだ。

全員ではじまる低い出《で》だし。男女の歌声が、ピアノとともにどこまでも下がっていく。この後に起きる悲劇を暗示するように。

そして、最初のソロはバス。語りかけるように、低く歌い上げる。

「悲しや味方は破れ　敵にくだりたり」と彼らに告げし者あり
君や同胞いずこ

楽譜の下の方に、訳《やく》が添えてある。

『嗚呼《ああ》、なんてかなしいことだ。我が軍は敗れ、敵に捕らわれてしまった。君はいまどこにいるのだろう?』

その太い歌声が暗い調子のまま突き抜けたところで、間奏に入る。

そしてまた冒頭と同じ、深く、潜るように降りていく旋律。それからすぐに、アルトのソロ。

語りぬ「終わりぞ　この傷の痛み」
また言う「運命ぞ　今際《いまわ》の思い　我が家に残せし妻子に通う」

『嗚呼、すべてが終わってしまった。傷が痛い、胸が痛い。これが自分の運命なのだろうか。私もおまえと死んでしまいたい。だが家に妻子を残してきた。彼らは、自分なしではどうなってしまうだろう』

アルトのソロは、後半に行くにつれ正確な音がとりづらくなる。狙った音を狙った声量でとるのは至難の業《わざ》だ。

果たしてこれが、橙子にできるのだろうか？

なぜヤマオは橙子を推薦したのだろう。

サビの、焦燥感をかきたてるスピード。女子と男子が交互に会話するように旋律をのぼっていき、山の頂でぴったり重なる。

そのとき。

教室の空気の流れが変わった。後方に視線が集中している。ヤマオに対するのとはまったく違う、ひんやりとした目線だ。

橙子が入ってきた。衣替えしたばかりの重たげなセーラー服から、白く細長い足が伸びている。橙子は遅れたことを詫《わ》びるどころか、青木さんに一瞥《いちべつ》もくれず無表情ですたすたと自分の席についた。

ＣＤだけが虚しく流れ続けている。渾身の力をふりしぼるフィナーレ。歌は収束《しゅうそく》し、エンディングの伴奏がしずかに降りていく。

青木さんは停止ボタンを押し、橙子の方を向いた。

「千葉さん」

橙子の反応はない。

まさかの無視だ。だが誰も驚かない。いつも通りだから。ふだんならこのまま何事もなかったかのように話しかけた相手が諦めて終わる。

でも今日だけはそうもいかない。

青木さんが橙子の机まで歩いていき「千葉さん！」ともう一度、さっきより大きな声で呼んだ。

橙子は心底めんどくさそうな顔で、青木さんをじろりと睨《ね》めつけた。

「千葉さん、合唱祭の、アルトのソロやらない？」

ぴりっとした空気が流れる。緊迫した室内で、橙子はうさんくさそうに目を細めた。

それから耳に指を突っ込んで、何かを取り出した。

耳栓だった。

耳栓！　教室に入ってくるのになぜ耳栓が必要なのか。

「なんですか？」

うんざりした声。うんざりしているのはこっちだというのに。

「アルトのソロをやらないかって」

「は？　なんの話してんの」

「合唱祭。昨日、言ってあったよね。今日話し合いするって。まあそれはいいや。ソロやる？　ヤマオの推薦なんだけど」

青木さんは怒りにむりやり蓋をして、繰り返した。

みんなが固唾《かたず》をのんで見守る中、橙子はなんの表情も浮かべない。自分に向かって発せられた言葉を透過させるみたいに。

橙子の感情がひんやりとして見えるのは、顔立ちがアシンメトリーなことも関係しているかもしれない。橙子の右目は幅の広い一重で、すっと大人びている。左目はくりっとした二重。だから右側から見たときと、その反対とでずいぶん顔の印象が違う。

目だけでなく、唇も左右非対称だ。赤ちゃんのころ縁側《えんがわ》から落ちて怪我した痕だとかで、片側がすこしめくれ薄紫色になっている。その唇がゆっくり開いたかと思うと「むり」の形に動いた。

青木さんはあからさまにむっとした。クラスメイトたちは「ほらね」とでもいうように顔を見合わせ、にやついている。

落ち着いているのはヤマオだけだった。ゆったりと構え、橙子の反応を待っている。

ヤマオにつられて、すこしずつ生徒たちが橙子の方を見た。

突風が吹きこんでカーテンが大きくふくらみ、橙子の姿をすっぽり覆い隠した。白いかたまりになった橙子の顔は、いよいよまったく表情が窺えなくなった。

風がやみ、橙子がふたたび現れた。

右手で頬と口元を覆い、校庭を眺めている。もはや会話に参加する気もないらしい。

青木さんが背筋を伸ばして教室を見回した。その視線は「ヘルプ!」でも「どうしよう」でもなく、同意を求めていた。

やっぱり千葉さんはないよね。ほかの誰でもいいけど彼女だけはないよね。

室内に漂う気まずい雰囲気に僕はのどの奥が詰まるような感覚をおぼえた。親戚というだけで、僕にも責任の一端があるような気になってくる。実際、幾人かが僕をちらちら見ていた。

なんの関係もないのに。

そう思いつつ、やっぱり申し訳ない気持ちになって、小さな声で彼女を呼んだ。

「橙子」

橙子はハエでも見るような目つきで僕を見た。

「なに?」

「やってみたら? ヤマオの推薦だし」

「あ? やるわけないじゃん。ヤマオがどうとか関係ないし。そうだ、あんたやれば?」

「僕は伴奏をするんだよ。しかも男子だからアルトはむりだよ」

「じゃあ、あのアラレちゃんにやらせたら?」

「私は、指揮をやろうと思っているの」

アラレちゃんと言われたことにはふれず、青木さんは冷静に対処した。挑発に乗ったら負けだと判断したのかもしれない。

「じゃあ、指揮棒振りながらソロもやれば?」

「そんなことができるわけないじゃない」

青木さんの困惑を橙子は鼻で笑い飛ばした。そして突然勢いよく立ち上がった。

椅子が後ろに倒れて派手な音を立てる。

「とにかくあたしはやんない!」

出た! 支離滅裂! 僕は頭を抱えたくなった。

すばやく教室を出ていこうとした橙子の手首を、すんでのところでつかんだのはヤマオだった。

「さわんないでよ！　気色悪い！」

ヤマオを睨みつけながら、橙子は腕をぶんと大きく振った。

ヤマオの手は離れない。

一時間目のはじまりを告げるチャイムが鳴り響く。

「やっべ、俺つぎ物理」

「俺生物」

幾人かの生徒が立ち上がり、荷物を抱えてバタバタと教室を出て行った。廊下を上履きのこすれる音や笑い声が慌ただしく行き来する。完全に話し合いは終了、という雰囲気の中で、ふ、と橙子が笑った。

「やってもいいよ」

「千葉さん！」

声を上げた青木さんに、橙子は言い放った。

「当日来ないけど、それでもいいなら」

「あー、朝から頭使ったからお腹すいた」

青木さんがパーカーのポケットから財布を出して、桃生クリームサンドを買った。

僕はべつに空腹じゃなかったけどひとりじゃ青木さんが食べづらいと思って、財布の中身と相談した結果あんパンを買い、壁にもたれて食べながらヤマオと橙子を待った。

「千葉さん何考えてんだろ」青木さんがぼやく。「当日来なくていいわけないじゃんね」

一時間目の終わりの購買部は、早くも空腹の生徒たちで混雑している。

遠くを眺めていた青木さんが、はっと背中を離した。

ヤマオが歩いてくる。

その大きな体軀《たいく》の後ろから現れたのは、ぶすっとした顔の橙子だった。

ヤマオは自販機でウーロン茶とコーラを買い、どちらがいいか橙子に尋ねた。

「どっちもいらない」橙子は辟易した顔で答えた。

これがもし、後輩の女子だったら狂喜乱舞だろう。

ヤマオは春に行われた体育祭で、応援団の副団長をやった。彼女だという噂の、あの人気読者モデルの先輩とペアになってダンスを踊っていた。丈の短い衣装も、先輩が着るとぜんぜんいやらしくなかった。そばかすのある笑顔がとても愛らしかった。練習のときヤマオは、自分と先輩の踊りの精度を高めると同時に団長の暴走をおさえ、励まし、つねに全体を見渡していた。

体育祭のあと、ヤマオは一年女子の群れに埋もれていた。「ヤマオ先輩ヤマオ先輩」

と彼女たちは雪崩のように押しかけ、写真にうつってほしいとか、はちまきに何かメッセージを書いてほしいなどとお願いしていた。

その一方で。

橙子は学校に来てすらいなかった。誰かが休むとどうなるか。

代わりの生徒がクラス対抗リレーを二回走ったり、その生徒が出るはずだった個人競技の穴埋めをしなければならない。僕のクラスでは、体育祭実行委員の志穂さんが橙子の代わりを引き受けた。バレー部の彼女はもともと負荷の高い種目に出ることになっていたのに、さらにその上橙子が安請け合いした千五百メートル走と騎馬戦に出る羽目になった。よりによってそのふたつ。僕は気の毒な体育祭実行委員を眺めながら「そもそも橙子はこの種目に決まったとき、出る気があったのだろうか」と考えた。その後、橙子が志穂さんに礼もしくは詫びを言ったという話は聞かない。

あの日を思うと「当日来ないけど」という発言はかなりおそろしい。何も言わずに来なかった橙子だ。宣言するなら、確実に来ない。

食べ終えた桃生クリームサンドの包みを掌にくるんで、青木さんは意を決したように顔を上げた。

そして橙子の目を見据え、言った。

「今日から、ほぼ毎日練習だから」

「は？」

「ちゃんと参加してよね」

「あたしやんないよ。なにこれ、いじめ？」

「やってもいいって、さっき言ったじゃない」

「本番休んでもいいならって言ったじゃない」

茶化すように橙子は、青木さんの声色を真似る。ばかにするにもほどがある。高二にもなって、いったいなにを考えているんだろう。

「いいわけないでしょ？　それくらいわかるよね」

「こんな話し合い、時間の無駄じゃん」橙子が鼻で笑った。「頭空っぽなんですか？」

青木さんが気色ばんだ。顔を両手で覆いたくなる。

なんてことを言うのだろう！　せっかく青木さんが歩み寄ってくれているのに。

ハラハラする僕のとなりでヤマオは黙っている。

そのとき、ブツッというくぐもった音に続いて、校内放送が流れた。

「二年C組の青木さん、青木優《ゆう》さん」

「え、なに？　私？」

「ご自宅からお電話が入っています、至急事務室まで来てください。繰り返します。

青木さん、青木優さん、今すぐ事務室まで来てください」

「ええ？」

青木さんは面食らって、きょろきょろした。

「事務室はあっちだ」

ヤマオが長い指で教職員用出入り口の方角を差す。

「ねえちょっと涼ちゃん、不安だからついてきてよ」

青木さんに腕をつかまれて、僕らはいっしょに事務室へ向かった。ストレートヘアが、右へ左へさらさら揺れる。失礼しますとノックして、青木さんは事務室へ入っていった。

いつの間にか、橙子はいない。

「青木さん、大丈夫かな」ドアの脇で僕はヤマオを見上げた。「家族に何かあったとか」

「もしそうなら担任が直接呼びにくるんじゃないか」

それもそうだと納得して、青木さんを待った。

青木さんは、思ったより早く出てきた。

「大丈夫？」

尋ねると鼻の頭に皺を寄せて「さい、あく」と言う。

「お弁当の大根が、変なにおいするから食べないでだって」

「え？　それだけ？」

「そう。それだけ」

吹き出してしまった。僕の母なら気づかないで食べてしまうかもしれない。どちらかといえば、僕が気づいて母の仕事場に電話を入れる側だろう。

「青木さんのお母さんは優しいね」それにすごく平和だ、と心の中で付け足す。

「ねえねえ、ヤマオのお母さんならこういうときどうする？」青木さんが訊いた。

「俺のおふくろはかけてこない」

「だよねえ！　もー子どもじゃあるまいし！」青木さんは激しく同意した。

昼食の時間、ヤマオはいつも巨大なおにぎりを食べている。弁当箱はない。そのあまりの大きさにクラスの女子たちは大笑いする。「ヤマオにぎり、今日の具は何？」勝手にネーミングまでされている。「から揚げ」とか「煮卵」とか、ヤマオは低い声で簡潔に答える。ヤマオのお母さんはさすがにあの豪快な弁当とは別のものを食べているのだろう。あんな大きなおにぎりが作れるなんて、きっと大きな手をしたお母さんに違いない。

「大根くらいで校内放送で名前呼ばれたら恥ずかしすぎるよ。変だったら自分の鼻でわかるのに。もーうちのお母さんほんとやだ」

青木さんに似た小柄なお母さんが、リビングでおろおろしている姿が目に浮かんだ。

ああこんな日に限って、優は携帯を忘れて行っている！　どうしよう。このままでは大事な娘がお腹を壊してしまう。しょうがない。学校に電話を入れよう。恥ずかしがるだろうけど、あの子がくるしい思いをするよりはいい。痛がる優なんて想像しただけで涙が出そうだ。

青木さんをなぐさめつつ勝手な妄想をして、笑ってしまいながら、僕らは朝の光のたっぷり差し込む廊下を歩いた。

## 2

○月×日

日々は中断の連続。

子育てとは、自分の時間を我が子にささげること。

それは覚悟していた。ましてやこんな、配慮が必要な子だ。簡単にいくはずがない。

でも、正直いって、ここまで大変とは想像していなかった。

家の中はぐちゃぐちゃ。私は金切り声をあげそうになる自分を必死に抑えつけている。

育児の合間にやりたいことがあっても、何ひとつできない。合間なんてないから。

本を読むとか、語学の勉強をするなんて、夢のまた夢だ。

うまくやれると思ったのに。私なら、やれると思ったのに。

常に屈辱《くつじょく》と孤独が交互に覆いかぶさってくる。

誰にも相談できず、頭がおかしくなりそうだ。

なぜ、すべてを私ひとりで、母ひとりで、担わなくちゃいけないのか。

親になったのは私だけじゃないのに。

なぜ、夫はやりたいことをやれて、行きたい場所に行けるのか。私はどこにも行けないのに。

そんなことを考えてしまう私は、早くも母親失格なのだろうか。

公園へ行くのは休日と決めている。圧倒的に父親が多いから。ブランコを押したり、砂場で息子と山をつくったり、なわとびする姉妹を見守ったり。父親たちは、目の端で私を確認するだけで、あとは気にも留めない。あまりこちらを見ない。

それは私にとって、すごく気楽なことだ。

平日だとこうはいかない。私は公園の入り口で立ちすくんでしまう。怖くて、一歩がふみだせない。

じろじろ見られているような気がする。

きっと何か変だと思われている。この子は他の子とそんなに違うだろうか。

母親たちの視線が突き刺さる。やっぱり見ている。

見ないで。こっちを見ないで。

公園を通り過ぎながら、私は祈るように思う。

どうか、他の子と同じようにふるまってほしい。

どうか、目立たないように。ふつうにしていて。

祈りが届いたことはない。

あの子と最も長い時間をともにしているのは私なのに、というより私以外いないのに、意思の疎通ができているとはとても言い難い。

ごはんで遊ばない、朝起きたらおはようを言う。そんな簡単なことすら何度教えてもできない。

それも仕方のないこと。根気が必要です。先生の言葉を思い出して何度も自分に言い聞かせる。けれど終わりが見えなくてくじけそうになる。この子には可愛げがない。笑顔もない。お気に入りのキューピー人形を抱いて、今にも泣き出しそうな顔で立っている。そのじめじめとした姿にまた苛立ちが募る。

私には、この子が何を考えているのか、さっぱりわからない。ほんとうに、わからない。

街なかで我が子と同じ年頃くらいの子どもが母親とにこやかに会話しているのを見ると、叫び出しそうになる。頭をかきむしりたくなる。

どうして。

どうして私だけが、こんな目に遭わなくてはならないの。私が何か悪いことをしただろうか。精一杯、私のすべてを捧げてがんばっているのに。

そういうとき、決まって頭から離れなくなる言葉がある。

おかあさんごっこ。

その言葉が、繰り返し繰り返し頭の中で鳴り響く。

すぐそこで笑っている母子は、だれからも馬鹿にされない、どこに出しても恥ずかしくない、立派な親子。何があっても揺るがない結束があり、お互いのすべてを肯定し、芯から信頼しあっている。

でも、私とあの子は。

たんなる、ごっこ遊び。

おかあさんごっこ。

考えてはいけないと思うのに、その言葉を考え続けてしまう。

# 3

シューマン。

『二人の擲弾兵』の楽譜を持って、冬香《ふゆか》先生はつぶやいた。

「この曲を日本語で歌うのは、かえって難しそうね」

ピアノ教師らしく短くカットされた爪に、桜色のネイルがていねいに塗ってある。

「どうしてですか」

「ドイツ語なら、発音するだけで悲しみの九割は伝わる感じがする。空気の弾け方が凄まじくて、感情が表現しやすいから。まあわたし個人の、感覚的な意見だけど」

そう言われてもドイツ語などひとつも知らない僕にはピンとこない。

高級マンションの一室。

僕は十年以上、冬香先生からピアノを教わっている。出会ったとき、表札には『中森《なかもり》』と出ていた。僕が中学生に上がるころ、それは『金城《きんじょう》』に変わった。僕は先生のマンションで、先生以外の人に会ったことはない。気配すら、感じたことはない。

「たとえばドイツ語で、駅はシュタツィオン、数字の二はツヴァイというの」

「瞬発力がありますね。なんか、かっこいい」

「涼くんが昨年の発表会で弾いた『魔王《まおう》』もドイツ語よね」

僕の脳裏に、あのころ毎夜聴いていたCDのバリトンがよみがえった。

嵐の晩。ひとりの父親が馬を走らせ家路を急いでいる。彼の腕の中には高熱にうなされる息子。漆黒の森を馬はひた走る。そこへ気味の悪い魔王がしのびよってくる。

かわいい坊や、いっしょにおいで。魔王がささやく。狂気を抑え込んで甘く誘う、その声は息子にしか聴こえない。おびえる息子を父は励ます。落ち着きなさい、魔王なんかいない。あれは夜霧だよ、風にゆれる木の葉だよ。息子は首を振ってうめく。

聞こえないの?

見えないの?

ほら、あそこに魔王がいるじゃない。

父の目には何も見えない。あんなにはっきりそこに居るのに、見えないのだ。聞こえないのだ。魔王のやさしげな声が。その裏にある脅しが。

ほら、魔王が、あの暗い所にいるよ。

ああ、僕は魔王に捕まってしまった！　魔王が僕にひどいことをする！

汗だくの息子を抱きしめ父親は馬を急がせる。しかし疲労困憊《ひろうこんぱい》で家にたどり着いたとき、息子はすでに息絶えている。

レッスン中、冬香先生から特に注意されたのが、オクターブを連打する部分だった。

もっと強く。そんなんじゃ黒い森を突っ走る魔王たちの不穏な雰囲気が漂ってこないでしょう。楽譜に書いてあることだけ見たって仕方ないのよ。レッスン中の冬香先生は容赦ない。長い睫毛にふち取られた目を細め僕を見おろし、仕方ないわねという風情でお手本を見せてくれる。

一瞬でうちのめされる。馬が疾走している。蹄《ひづめ》の音を鳴り響かせながら。オクターブをひたすら連続で叩く冬香先生の手は、馬の脚だ。鍵盤が地面になり世界になる。僕も冬香先生みたいに弾きたい。そう思うのにうまくいかない。必死に鍵盤を叩いても僕の手は手のままだ。

まだまだ！　ちっとも怖くないわよ。ほらもっと。もっと跳ねて。

ねえ、涼くん。恐怖ってそんなものなの？

「実は魔王は父親だという説もあるのよ」

「それは勘繰りすぎじゃないですか」

「わたしもそう思わないでもないけどね、確かにちょっと怪しいなあと思う小節はところどころあるのよ。ほんとに些細な違和感なんだけど。それに、我が子があんなにおびえて苦しみを訴えてるのに理解しない親っていうのもあんまりじゃない？」

「確かに。それで、どのへんが怪しいんですか」

「それは自力で探すのよ」冬香先生は言った。「自分の耳ですなおに聴いて。涼くんが聴きたいように聴いて。自由に想像するのも歌曲の楽しみなんだから」

「僕には見つけられそうにないな」

「見たいものだけ見てるからよ」

　それにしても、と冬香先生は『二人の擲弾兵』の楽譜を眺めながら言った。

「魔王が本性を現して声を荒らげるクライマックスなんか、あの怒りが爆発する感じはやっぱりドイツ語が最強よね。演者によってはほんとに震え上がるわよ。その直前の甘いささやきとの落差がもう……あそこまでギャップを作れる言語って、妬ましい。日本語にはあまり抑揚《よくよう》がないでしょう。それで絶望を表現するのは」

　冬香先生はそこで間をあけて、僕を見た。

「ピアノにかかってるわね」

「僕がプレッシャーに弱いの知っててそういうこと言うの、やめてください」

「へえ、ソロがあるの。女子も！　楽しみね。わたしも聴きたい。いつなの？　部外者も行ける？」

「明日学校で訊いてみます」

「お願い」先生は卓上カレンダーに合唱祭の日時を書きこんだ。「それにしてもいまどきの合唱祭は、生きる喜びとか未来への希望とかは歌わないのねえ」

「それは課題曲で歌うので大丈夫です」

「なるほどね」

冬香先生は感心したように笑ってから、初見で見事な伴奏を披露してくれた。ゆるいウエーブのかかった黒髪が揺れてふわっと香った。南国の花みたいな甘い匂いだ。

とろんとした白シャツ、縁なしメガネ。まじめそうに見えるのに、冬香先生には、どこかアウトローな雰囲気があった。たとえば耳たぶのサイドにひとつだけあいたピアスの穴や、細い足首に巻き付くアンクレット。それから焦げ茶色の瞳の底に潜む包容力。

さっきだって、と僕は思い返す。冬香先生はどこかつかみどころのない横顔で、とても哀しいピアノ曲を弾いていた。

レッスン開始前。先生は早めに到着した僕に気がつかなかったのだと思う。あのとき、冬香先生の横顔にはいつもと違う感情がにじんでいた。ふだん誰にも見せない心の奥底。僕は目を閉じ、しばらくのあいだ存在を消してピアノに聴き入った。

それからいつも通りの時間にレッスン室の扉をノックした。

一時間の練習で『二人の擲弾兵』をある程度弾けるようになり、僕は楽譜を鞄にしまって部屋を出た。

「涼くん」

小説を読みながらエレベーターが上がってくるのを待っていると、冬香先生がやってきた。

「いっしょに乗っていい？」

「もちろんです」

単行本を閉じようと、ページをめくってしおりの在り処を探した。そのページの文字を読んでしまわないように、目を極限まで細めて緋色の紐を抜き取り、読みかけのページに挟んだ。

「どうしてしおりって、真ん中辺りに挟んであるのかしらね」

「僕も不思議です」

「最初か、せめて最後のページにあったらいいのにね」

エレベーターに乗りこむと、冬香先生の匂いが濃くなった。

「なんのシャンプー使ってるんですか」

「どうしてそんなことに興味があるの？」

可笑《おか》しそうな顔で先生は僕の目を覗き込んだ。

先生が教えてくれたのは、聞いたことのないメーカーのものだった。外国製だろうか。

「高そうですね」

「そうね。一本三千円くらい」

「さんぜんえん！」

ふふ、とほほ笑んで冬香先生は、僕の手の中の単行本に目を落とした。

「その本、わたしも先週読んだ」

「なにも言わないでください」

「言わないわよ」みくびらないで、というような鋭い眼差しが飛んでくる。「涼くんがどんな感想を持ったか知りたいから、読み終わったらぜひ教えてね」

駅まで向かいながら先生は僕に、このまま家に帰るのかと訊いてきた。

「今日は郵便局に寄る用があります」僕は鞄をひらいて履歴書を見せた。

「年末のアルバイト？　昨年もやってたわよね」

　はい、とうなずいてから僕は尋ねた。

「先生はお出かけですか」

「そう。人と待ち合わせしてて」

「そういえば、先生がさっき弾いていた曲はなんというんですか」

「さっき？」

「レッスンが始まる前です」

　聴いてたの、とかすかに笑った先生の声は、まるでここではないどこかにいるように遠く感じた。

　訊いてはいけない質問だったのかもしれない。メロディは自分の頭にしみこんでいるのだから、楽器店で尋ねればよかったのだ。あの『枯葉《かれは》』に似たクラシックのピアノ曲はなんですか。そう訊いてわからなければメロディを口ずさめばいい。

　けれど先生はすぐにいつもの笑い声に戻って、

「『エディット・ピアフを讃えて』という曲よ」と答えてくれた。

　僕はその曲名を忘れないように何度かつぶやいた。作ったのはプーランク、と冬香先生は言った。

「伝説のシャンソン歌手、エディット・ピアフにささげられた作品なの」

「胸をえぐられるような曲でしたね」

「そう思う？」

「はい。これまでの人生で起きた、いちばん哀しい出来事を思い出させるような」

そうね、と先生は静かに同意した。

「冬香先生の演奏だからかもしれません」

「ほかの誰かが弾いたら楽しい思い出がよみがえる？」先生はいたずらっぽくほほ笑んだ。

「かもしれませんし、演奏者の技術と情熱によっては、なんの景色も浮かばないという可能性もありますよね。僕にそんなこと言う資格ないですけど」

「演者だけじゃなくて、受け取る側の状態にもよるんじゃない？　タイミングとか体調とか。あとは、当たり前だけど、みんな違う記憶を持っているから。音楽だけじゃなくて、踊りや絵画、それから演技もそうよね。伝えるということに関して、わたしにはそのどれでもなくてピアノが最適だったっていうだけかもしれない。特に言葉で伝えるのはいちばん難しい」

「冬香先生は言葉で伝えるの上手ですよ」

「ぜんぜん。もうほんと自分でもいやになるわよ。言葉って口にした瞬間思っていたことと微妙にずれちゃってるの。ああこんなこと言いたかったんじゃないのにって、天を仰ぎたくなる。特にすっごく疲れてるとき。なんでわたしだけがこんな目にって思っちゃうようなときはほんと、ダメ」

「わかるような気がします」

「ね。そういうときって、ろくなこと放出しない。自分がつらいときこそ、他人の苦しみに鈍感にならないで、手を差し伸べられるような人間になれたらなあっていつも思うわ。そこまで到達できなくても、せめて自分を保てたらいいのに」

「保ててると思いますけど」

「涼くんの知らないところでは保ててないのよ。まあ、言葉がだめだからといって、ピアノだったらぴったり言えるってわけでもないんだけど。ただわたしにとっては言葉よりも、誰かに伝えたい感情に近寄れるのがピアノっていうだけ。そういうものを見つけられたことはとても幸せなことかもしれない。独りよがりかもしれないけど。ねえ涼くん、さっきドイツ語の方が感情を表しやすいだなんてピアノ教師らしからぬこと言っちゃったけど、撤回していい？　そんなこと言ったらピアノよりしゃべる方がいいってことになるわよね」

「そんなことは言ってないと思いますよ。それにドイツ語の音の話は面白かったですし。大丈夫です、僕たちのクラスは日本語であの歌の世界を表現してみせます」

大口をたたいてすぐに、橙子の顔が目に浮かんで暗い気持ちになった。表現もなにも、まだ練習すらろくに始められていない。

「そういえばさっきのエディット・ピアフだけど、涼くんがいちばん気に入ったのはどの部分？」

「ずっと短調で進められてきた曲が最後、長調に転じますよね。あの哀しい世界に、やっと光が射すように」

「そうそう、それで明るいまま締めくくられるのかと思いきや」

「また短調に戻って、哀しいまま終わっていくところがすごく好きです」

じゃあ涼くん、と言って冬香先生は僕を見た。

「今度の発表会ではあれをやる？」

僕はびっくりして先生を見返した。まさかそんな方向へ話が進むとは思っていなかった。それに、僕はこれまでクラシックの王道のような曲しか演奏したことがない。

けれど即断した。僕にはめずらしいくらいすぐ答えが出た。

「やります」

「わかった。じゃあ楽譜用意しておくわね」

冬香先生はにっこり笑った。それからいっしょに改札をくぐった。

「合唱祭の件、学校の先生に訊いておいてね」

「はい」

「じゃあ、また来週」

冬香先生はそう言うと、ひらひら手を振って、上り線ホームへの階段をのぼっていった。

# 4

○月×日
今日も一日、二人きりで過ごさなければならない。
ここからとにかく逃げ出したい。
誰かたすけて。

○月×日
みなさんは今日からお母さんです。この子の成果は、あなたにかかっています。

# 5

「地学のレポートはピンクのペンを使うとA花丸がもらえるらしいよ」

まさにその地学のレポートを書いていたヤマオは、青木さんの情報に顔を上げた。

「そうなのか」

ヤマオが握っているのは黒ペン。僕と青木さんは、ヤマオの、ひらいたままの筆箱をさりげなく見た。そういったポップな色はない。

高校の裏を流れる川沿いのベンチで、僕たちは橙子を待っていた。音楽室が第一も第二も取れなかったので、ピアノのある僕の家へ行ってとりあえず四人で練習することになったのだ。その話はもちろん橙子にもした。青木さんが何度も念押しした。十七時よ。わかった？　橙子はうんうんとめんどくさそうにうなずいていた。

案《あん》の定《じょう》現れる気配はない。もう帰ってたりして。考えたくないが考えてしまう。

橙子なら十分ありうる。

「池邊《いけべ》先生、ピンクが好きなのか」

「たぶん。先輩たちのあいだでは常識みたいよ」

言いながら青木さんは自分のぱんぱんに膨らんだペンケースから三種類のピンクを取り出して、これがいちばん書きやすいよ、と一本ヤマオに渡した。

「返すのはいつでも大丈夫、いっぱいあるから」

「サンキュ」ヤマオは受け取ったペンを掲げて、短く礼を言った。

川辺のどこまでも続くすすき野原を、風が舐めていく。

「この川で昔、ＣＡさんのご遺体が発見されたの知ってる？」青木さんが言った。

「いつごろの話？」

「うちのお父さんが産まれた年。だから四十五年くらい前かな。この川って、住宅街の低いところを流れてるじゃない？　その頃からよく氾濫したらしいのよ。そのＣＡさんのご遺体も、大型台風で水位が上がって避難するかしないかって消防や役所の人たちが集まって話し合いをしている、まさにそのときに発見されたんだって」

「どの辺りなんだろうね」

「ここ」と青木さんは僕たちが今座っているベンチの真下を指した。「って祖父は言ってたけど」

「嘘でしょ？」

「かもしれない。まだちっちゃかった私をこわがらせようとして言ったのかも。でも事件自体は本当にあったことよ。私、新聞で調べたことあるから」

また風が吹いて、川面に細かなさざなみが立った。

青木さんはいちごオレを一口飲んでから「ところで来ないね」と言った。

ヤマオが、ピンク色のペンのキャップをしめた。ぱちんといい音がした。

「直接、涼んち行ってるってことはないか」

「それはないと思う」

僕の知る限り、橙子がひとりで僕の家に来たことは一度もない。母は仕事で平日家にいないし、休日は僕がいる。そもそも橙子はひとりで気軽に家を訪ねてくるようなタイプではない。

「千葉さんのことだけど」

改まった口調で言う青木さんを、ヤマオと僕は見た。

「やっぱり無理じゃない？　このまま逃げて逃げて、本番も来ないと思う。体育祭のときみたいに」

「ありうるね」

「でしょう？　もう、いい加減違う子を立てない？　これから練習するにあたって、毎回こうやって来るか来ないかみたいなことでやきもきするのも疲れるし。このままじゃみんなの士気も下がるよ。まとまるものもまとまらないと思う。本番まであと一か月ちょっとしかないのに、こんなことで時間浪費してたらもったいない」

青木さんが言い終わって一拍後、ヤマオがすっと立ち上がった。

「んじゃ、行ってみっかね」

「え？」

「千葉さんち」

見上げたヤマオの金髪に夕陽が射して、まぶしい。

「ヤマオ、千葉さんち知ってんの？」

「小学校が同じだったからな。ここからなら、地下鉄が早い」


駅につくと僕らは階段を降り、薄暗い通路を歩いた。

地下鉄に乗るのは久しぶりだ。コンコースの天井がものすごく低く感じる。圧迫感があるなあ、と息苦しく思いつつ何気なくヤマオを見て吹きだしそうになった。乗り換え用の表示看板を、ヤマオはゆっくり慎重にくぐるようにして歩いていた。青木さんがけらけら笑う。

「ヤマオ、頭にタオルのせてたら天井掃除できちゃうんじゃない？」

「そんなことは考えたことがなかったな」真顔で言って、ヤマオは切符販売機にならんだ。三枚買ってくるというので、僕らはすこし離れた場所で小銭を用意して待った。

　戻ってきたヤマオに切符代を渡そうとするといらないという。結局そのお金で飲み物とお菓子を買っていくことになった。

　なまぬるい風とともに、ホームに電車が入ってくる。

　くすんだピンク色のラインの入った車体を見て、ふと疑問が湧いた。

「そういえば青木さん、さっきの地学のピンク情報は、誰から聞いたの？」

「彼氏。そろそろフラれそうだけど」

「えっ、なんで！」

「飽きたんだって。受験勉強大変で、おまえのために割く時間が最近無駄に思えるって言われちゃった」

「ひどい」

「でしょ？　中学のときから付き合ってて同じ高校に来ちゃったから、いっしょにいすぎて飽きられちゃったのかも。仕方ないか」

　轟音の奥で、それは、とヤマオが言った。

「想像力の欠如ってやつだな」

「どういう意味？」

「青木さんにはまだ隠し扉がいっぱいあるのに、その彼氏さんは全部制覇したと思い込んでるってことだろう」

目の前の扉が勢いよくひらいた。

帰宅ラッシュの時刻だったがすし詰めというほどではない。ヤマオは青木さんをまず入れ、次に僕を促した。それから頭を少し下げて、自分も車内に入った。どこかで赤ん坊のぐずる声が聞こえてくる。

青木さんになるべく快適な場所を確保しようとする中で、ヤマオは額をぶつけた。つり革ではなく、つり革がぶら下がっている金属のバーに。悪いと思いつつ笑ってしまう。

「私はつり革にすら手が届かないのに」

ヤマオの作った要塞《ようさい》の中で、青木さんも笑った。

僕はつり革につかまりながら小声で言った。

「もうちょっと低くてもいいのにね。そうしたら小柄な人にも手が届くのに」

「でもそしたらヤマオみたいに背の高い人は、顔とかぶつかりまくってどうしようもないよね」

確かにと同意したそのとき。

赤ん坊の泣き声が車内の空気を引き裂いた。なんとかなだめようとする母親らしき女性の声も聞こえてくるが、泣き止む気配はない。

悲鳴のような金切り声はどんどん大きくなる。甲高い声がこめかみを直撃する。誰かが、これ見よがしの舌打ちをした。

「赤ちゃんかわいそう」と青木さんが言った。「窮屈だろうね、こんなところ。空気も悪いし」

「そうだね。お母さんも、混んでいる時間を避けて乗ってあげたらいいのに」

いや、と遮《さえぎ》って、ヤマオが僕をゆっくり見おろした。

「ああいうのはな」

空気をびりびり震わせるバリトンで、ヤマオは言った。

「ああいうのは、仕方ねえんだよ」

地下鉄が目指す駅に着いて、僕らはひらいた扉から吐きだされるように出た。

呼び鈴を鳴らしたのは僕だった。モニター越しにこちらを見つめる視線を感じる。と思った次の瞬間フローリングを猛ダッシュする音が聞こえてきて、玄関がバーンと勢いよくひらいた。

「な、なんで来たの」

橙子はかつて見たことのないほど顔面蒼白《がんめんそうはく》で、早口言葉かというくらいすばやく言った。

「練習に来ないからでしょうが」青木さんが顔をしかめて答えた。「あなた、もう十七歳でしょ？　何の連絡もなしにサボるとか信じられない」

「まだ十六だけど」

そういうことじゃなくて、と肩を落とす青木さんの前にヤマオが出た。

「もし予定大丈夫なら、今から涼んち行こうぜ」

「だ、大丈夫じゃない。今日は絶対無理」

「ならいつなら大丈夫なのよ」青木さんが詰め寄る。

「いや、それはまた明日、とにかく今日は帰って」

激しくかぶりを振ってドアを閉めようとする橙子に、背後から大きな人影が覆いかぶさった。

「お友だち？　あら、涼ちゃん！」

「ごぶさたしてます」

僕は芳子《よしこ》さんに頭を下げた。

「ほんと、久しぶりねえ。すみちゃんも元気？」

「はい、おかげさまで」答えながら、一気に気持ちが浮上して明るくなる。

会うのはいつぶりだろう。芳子さんは相変わらずエネルギッシュで、生命力に満ちていた。髪は美容院行きたてのようにつやつやで、長身痩軀《ちょうしんそうく》は見るからに上質な服に包まれている。芳子さんの温かな笑顔を見るだけで心が華やいだ。

　芳子さんだけが唯一の光だったあのころがよみがえる。


　十三年前、父が死んだ。仕事の事故だった。大恋愛の末むすばれた父を、母はわずか二十五歳で失った。僕はまだ四歳だった。

　当時のことで憶えているのは、母の叔母である芳子さんがよく僕の家にいたことだ。

　いたというのは正しくないかもしれない。いてくれたのだ。

　父の四十九日《しじゅうくにち》が終わっても布団をかぶって泣いてばかりの母の代わりに、芳子さんは我が家の雑事を何から何まで引き受けてくれた。毎朝車で二十分の距離を運転してきて、栄養バランスのいい和食を作り、掃除をすませ、僕に絵本を読んでくれた。買い物がてら散歩にも連れ出してくれた。芳子さんの干した洗濯物はパリッとして気持ちがよかった。

　芳子さん以外の大人も、来てくれたことはある。

　けれど彼らは、芳子さんとは違った。彼らが来ると母の身体がこわばるのがわかって、僕はとてもかなしかった。

自分だけが世界の不幸を背負っているみたいな顔しないでちょうだい。世界には飢えや貧困に苦しむ人がいるんだから、平和で豊かな日本に生まれただけで恵まれてるって思わなきゃ。

別れはいつかやってくるものよ。早いか遅いかの違いだけなの。

彼らはそんな風に言っていたのだと、あとになって芳子さんが笑い交じりに話してくれた。

「悪気はなかったのよ。あのときはみんな、すみちゃんを励まそうと必死だったの」

芳子さんは四人きょうだいの末っ子だ。長姉である僕の祖母とは一回りの年の差がある。祖母は若くして僕の母を産んだから、芳子さんはわずか十歳で叔母さんになった。ということは、あのときの芳子さんはまだ三十代半ばだったはず。とんちんかんな励ましをした親戚たちよりはるかに若い。

けれど芳子さんは、実年齢よりずっとずっと年上に思えた。どっしりとした落ち着きと頼りがいがあった。あのころ何もできなかった母との対比でよけいそう感じたのかもしれない。芳子さんが入ってくると家が明るくなったし、安心できた。

芳子さんが、彼女の一人娘である橙子を我が家へ連れてくることはなかった。僕と同じ年の橙子は、幼稚園に通っていた。ようちえん、どんなところだろうなあ。僕はそう思ったことを、おぼろげに憶えている。僕は保育園に、年長組の一年だけ通った。

あのころ見た風景は、もちろん鮮明ではない。大きくなって親戚や知人から聞いた話が混ざり合い、補足や修正がなされて作られた記憶だと思う。けれどそのとき抱いた温かい愛情のようなものは、確かに僕の芯に残っている。味や匂いとともに。大豆の入ったひじきの煮物。生姜がピリッと利いた豚汁。やわらかいぶり大根。きれいに皮を剝いて容器に詰めてある柑橘《かんきつ》類。帰り際に芳子さんは、そういうものを冷蔵庫に満たしていってくれた。芳子さんがいないとき、僕はお腹がすくと椅子によじ登って冷蔵庫をあけ、容器を出して自分で食べた。

母は相変わらず布団の中で涙を流し続けていた。いつまでも、いつまでも。このまま一生布団から出られないんじゃないかと不安になるほどだった。

ある朝、芳子さんが、細長い大きな箱を抱えてやってきた。取り出された中身が何か、僕にはまったくわからない。キーボードという楽器だと芳子さんが教えてくれた。

「見てて、涼ちゃん」

いたずらっぽく笑うと芳子さんは、鍵盤にそっと両手をのせた。それから、息をのむほどの滑らかさで音楽を奏でた。ゆれて、ほほ笑みながら。

僕の知らない曲をいくつか演奏したあとで、芳子さんは童謡を歌ってくれた。

澄んだ、きれいな声だった。伴奏を弾く右手と左手が、鍵盤の上を仔犬のように縦横無尽《じゅうおうむじん》に飛び跳ねる。そのようすに僕の目は釘付《くぎづ》けになった。芳子さんは、顔も手も、髪の毛の先まで楽しそうに見えた。

僕はキーボードが大好きになった。朝目が覚めるとまずキーボードを弾いた。夜も眠る直前まで鍵盤に触れていた。芳子さんに教えてもらって、いろんな曲を弾けるようになった。やわらかい脳は、音符をメロディをどんどん吸収していく。

芳子さんはそんな僕をおおげさなほど褒めた。

「涼ちゃんには才能があるよ！　落ち着いたら、ちゃんと先生について習わせた方がいい。私がいい先生を探してくるから」

それを聞いて、母が久しぶりに笑うのを見た。

あの人もすこしピアノが弾けたのよ。目を真っ赤にして母はそう言った。

僕がキーボードを弾くのを布団の中から眺めていた母は、気づいたら僕のそばに来てとなりでほほ笑むようになっていた。僕は、母が好きだと言った曲を、何度も弾いたらしい。

芳子さんは、母に職まで世話してくれた。

方々のつてをたどり、粘り強く交渉を続け、最後は芳子さんの夫である大叔父に頼み込んで、建築資材会社の事務に母をねじ込むことに成功したのだ。

「まだ若いんだから！　涼ちゃんのピアノのレッスン代もがんばって稼ぐのよ！」

芳子さんはそう、はっぱをかけた。

月日が流れ、あのころほど頻繁に芳子さんに会うことはなくなった。けれど僕は今でもときどき当時の芳子さんを思い出して、胸がいっぱいになる。嵐の中を漂う小舟から振り落とされそうになっている僕たち母子をたすけだして、大きな船に乗せてくれたのは芳子さんだから。


「どうしたの、なんかあった？」芳子さんはにこにこして僕たちに訊いた。

「いえ、ちょっと学校のことで」

「込み入った話？　まあ上がってよ。よかったらおやつでも食べていって。大したものないけど。ほら、みなさんも」

そう言って芳子さんは、スリッパをパパパッと並べた。

聞こえよがしな深いため息が聞こえた。僕らに背を向けて橙子が廊下を歩いていく。

よっぽど来てほしくなかったらしい。それなら約束を守ればいいのに。せめてちゃんと断ればいいのに。

玄関に入ると、清潔な家の匂いがした。フローリングも家具も電化製品も新品みたいにぴかぴかだ。夕食の準備をしていたのだろうか、キッチンからかつおぶしの香りが漂ってくる。

「はじめまして、橙子さんと同じクラスの青木優と申します」

青木さんが礼儀正しくお辞儀した。優等生の笑顔をふりまいている。さらりと流れた髪を耳にかける仕草も感じがいい。保護者に好感をもたれる女子高生の見本みたいだ。青木さんはヤマオのこともそつなく紹介した。芳子さんは不意を突かれた表情になって、青木さんを下から上まで見た。それからにっこり笑った。

「青木さん。いつも橙子がお世話になってます。あの子のことだからご迷惑ばかりおかけしてるでしょう」

「いいえ、そんなことはありません」

嘘八百！ 僕は内心突っ込んだ。

当の橙子は僕らを置き去りにして、二階へ逃げていく。

「橙子といちばん仲よくしてくれてるのが、青木さんなのかな？」

「はい、仲良くさせていただいてます」

よく言うよ。僕はあきれて青木さんの横顔を見た。

「ねえ青木さん、橙子って彼氏いるのかしら」

「いないと思います」いるわけないと言わんばかりの勢いで青木さんは即答した。

それから控えめにつけ加えた。「私の知る限りでは、ですが」

そう、と芳子さんはほっとしたように笑った。

「それで、今日はなんの話？」

勉強！　と、階段の踊り場から橙子が顔を出した。

「勉強を教えてもらうことになってて」

「そうなの？　ありがとう。涼ちゃんはむかしから優秀だったものね」

「いや、僕じゃなくてこの、青木さんと、ヤマオが。彼らは大変優秀です。僕の百五十万倍くらい」

「アハハ、そんなに？　ヤマオさん、見事な金髪ねえ！　さわっていい？」

はい、とハスキーボイスで答えてヤマオは腰をかがめた。芳子さんはうれしそうに背伸びして、豊かな金髪の先端を撫でた。

「あらー、意外とぱさぱさしてないのね。すごくきれいに手入れされてる。どこの美容院で染めたの？」

「自分でやりました」

「すごい！　まさかカットも？」

「はい」

「センスいいわねえ。その恰好ともよく似合ってる」

ヤマオの髪にふれる芳子さんの指を見ていたら、芳子さんがふいに僕の方を向いた。

すこしだけ顔を引いて、彼女は僕をまじまじと見つめた。それからやわらかく目を細めた。

「涼ちゃん。ちょっと見ないうちにずいぶん大人っぽくなったわね」

「もう十七ですから」

「もてるんでしょう？　彼女とかいるの？」

「いませんよ。そうだ芳子さん、ヤマオは橙子と小学校からいっしょなんですよ」

「ええっ、そうなの？　児童数の多い学校だったから憶えてないわ。ごめんなさい。じゃあ卒業アルバムにも載ってるのね。見てみようっと。まさか小学校のときから金髪じゃないわよね？」

芳子さんは僕たちに何を飲むか尋ねた。

「ドリンクは買ってきたので、結構です」

青木さんが袋の中身をひらいて見せる。

「えー、何も買ってこなくていいのに。学生なんだから気を遣っちゃだめ。これは持って帰って飲んでちょうだい。次来るときは手ぶらでね。わかった？」

はい、と僕たちは苦笑いしながら答えた。

「コーヒー？　それとも紅茶？」

青木さん以外はコーヒーだった。それを聞いて青木さんもコーヒーに変えた。そしてまた、大人に気を遣っちゃいけないと芳子さんにたしなめられた。

「じゃあ上がってて。あとでおやつ持ってくから」

「ありがとうございます」

「卒業アルバムも持っていこうか？」

いたずらっぽい顔で芳子さんが訊いた。橙子がまた顔だけ出して、

「いや大丈夫。勉強はじめるから」

強い口調で言って、なぜか僕をキッと睨んだ。


橙子の部屋は六畳ほどの洋室で、意外と片付いていた。橙子がやるとは思えないから、芳子さんがまめに整頓してくれているのだろう。

僕らを室内に押し込んでドアを閉めるなり、橙子は地獄を這うような声で涼ちゃん、と言った。

「その調子でよけいなことぺらっぺらしゃべんないでよ」

「小中同じってこと以外、何か言ったっけ」

僕は、白いクローゼットにもたれるように腰を下ろした。

「だーかーらー、なんにも言わないでって言ってんの」

「たとえば？」

「ソロのこととか」

かろうじて空気を震わすくらいの声量で橙子は答えた。

青木さんがうさんくさそうに橙子を見た。

「言うなっていうんなら言わないけど、なんで？」

「うっさい黙ってて。あんたには関係ない」

「ご家族が、横断幕を持って応援に来るとか？」

皮肉を言う青木さんを遮って橙子が「しっ」と指を立てた。ドアに耳をピッタリつけ、こちらに片手を向けたまま全神経を集中させている。

青木さんが僕を見て「なんなのこの人」という顔をした。僕はしずかに首を横に振った。まともに取り合っていたら身がもたない。つかず離れず、当たり障りなく。二年生が終わるまで橙子とはそんな風に付き合っていけたら御の字だ。

橙子が、おそるおそるドアを開けた。階下から、カップとソーサーの合わさる音が聞こえてくる。

「私、下に行って手伝ってこようかな」青木さんが言い、

「俺も行こうかね」ヤマオが腰を浮かせた。

「ソロのことは言わないで。言ったら練習には参加しないから」

「今だってしてないじゃない」

あきれた、と言わんばかりに眉を上げ、青木さんは階段を降りていった。

青木さんにつづいてヤマオも部屋を出た。足を止めていったん振り返り、何か思案するようにひげをこする。

それから、橙子に向かって笑いかけた。

「今日からがんばろうな」

あ――、と声にならない声を、橙子がもらした。

ヤマオが階段を降りるゆったりした足音の下で、青木さんがキッチンにいる芳子さんに話しかけた。笑いが起きる。そこにヤマオが交ざる。ひらいたままの扉から、三人の会話が聞こえてくる。

こんな風に橙子と二人きりになるのは記憶にある限り初めてで、何を話していいかまったくわからない。間が持たないので室内を見回す。本棚に目が留まった。

誰でも知っている漫画や雑誌に混ざって、やけに目を惹く一角があった。

Uという女性漫画家の本がずらりと並んでいる。彼女の漫画は、以前一冊だけ読んだことがある。ひとりの女の子がどんどん不幸になってゆく話だった。

「橙子、こういうの読むんだ」

「この人のがいちばん好きなんだよ。繊細だけど、力強くて」

そう言って橙子は人差し指をひっかけ、一冊取り出した。かつて僕が読んだ本ではなかった。繊細な線で、どこか官能的な男性の描かれた表紙。暖色を用いているのに、ひんやりとした暗さが漂っている。

「自分のことが書いてあるって思うんだよね。年も境遇もぜんぜん、あたしとは似ても似つかない登場人物なのに」

「ふーん。今度読んでみようかな」

暗に貸してと言ったつもりだったが、橙子は貸してあげるとは言わなかった。そういう奴だ。持っていた漫画をパラパラめくると、再び本棚にしまった。

「これだけそろってたら、Uさんの本全部あるんじゃない?」

「それが」橙子が顔を曇らせる。「あと一冊だけ、どうしても見つからないのがあるんだよね」

「そうなの?」

「デビュー初期にマイナーな漫画誌で連載してたときの連作短篇集で、単行本にはなってるはずなんだけど」

橙子が口にしたタイトルは、当然のことながら、僕にはまったく聞き覚えがなかった。

「絶版かな」

「だったら悲しいな」

そこでまた会話は途切れた。

家の前の道路から、子どもたちの笑い声が聞こえてくる。

「どうしてソロのこと知られたくないの？」

ほかに話すこともないのでそう訊くと、橙子は、

「こないだも、あたしたちみたいな子の集まりがあったときに」

と言った。

「あたしたちみたいな子って？」

僕は訊き返した。

橙子が、ゆっくりこちらを向いた。

何か妙なものをのみこんでしまったような顔をしている。

居心地の悪い間が続いたあとで、橙子は再び口をひらいた。

「もしかして、知らないの？」

「何を」

「そうなんだ」

そう言って橙子は、僕をまじまじと見た。

「へえ、そうか。あたし、涼ちゃんはとっくに知ってると思ってた」

「だから何を」

焦るような気持ちで尋ねると、橙子はぼそっとつぶやいた。

「すみちゃん、約束守ってくれたんだ」

「約束ってなんの？」

橙子は唇を噛んでしばらく黙りこんだ。口を開けたときには唇に歯のあとが白く残っていた。

「家に帰ってすみちゃんに伝えてくれる？　涼ちゃんには言っていいよって。それで、その話は絶対に」

明るい笑い声に続いて、階段を上がってくる音が聞こえてきた。

橙子は僕の耳元に顔を近づけて、さっと短く言った。

「誰にも言わないで」


「何を言わないって？」

ぼそぼそ会話していたら、とつぜん後ろから声がしたので背中がびくっと跳ねた。

振り返ると、母が僕の部屋の入り口に立って、にやにやしている。

「じゃあまたあした」僕はすばやく言って電話を切った。

「子機持ってくときは言ってよー。探しちゃったじゃない」

「ごめん」

「誰としゃべってたの？　恋人？」

「なわけないでしょう」

「じゃあ誰？」

「橙子」

答えると母は、僕の予想をはるかに超えて驚いた。

「橙子ちゃんと、いつのまに仲良くなったの？」

「はっきりいってぜんぜんよくないけど、一応同じクラスだし」

「そっか。そう言えばそんなこと言ってたね。なんでわざわざ家の電話にかけてきたの？　メールでもいいでしょうに」

「番号交換してないから。アドレスも知らない」

「芳子さんともしゃべった？」

「ううん、お風呂中だって」

「それでいったい、なんの用でかかってきたの？」

誰にも言わないで。

念押しするために橙子はかけてきたのだった。

誰にも言わないで。

あたしは、すみちゃんと涼ちゃん以外、誰にも知られたくないから。死ぬまで、絶対に、誰にも。

うんざりするくらい、何度も橙子は念押しした。「何を」言わないでほしいのかは一切語らずに。

僕は母をまっすぐ見た。

「お母さん」

「なによ」

「橙子のことを教えてほしい」

母は、さっきとはまた違った驚きの表情を浮かべた。

橙子から電話があったと知ったときは「単純な驚き」、今は「複雑な驚き」の顔をしている。

「橙子ちゃんの、なに」

「お母さんが知ってて僕が知らない、大事な話。詳しいことはすみちゃんに訊いてって」

「橙子ちゃんがそう言ったのね？」

「言った」

「嘘じゃないよね？　でも、どうして急にそんな話になったの？」

僕は合唱祭のソロ選出からの流れを、くれぐれも大叔父や芳子さんには言わないように口止めしながら、さっき橙子の家であった出来事を話した。ソロの件を母に言うなとは言われていないよな、と思い返しながら。

母は僕の話を聞くあいだ、何度か事実を確認した。クラスの雰囲気や橙子の反応など、僕が話せることは話した。わからないことはわからないと答えた。たとえばなぜヤマオは橙子を推薦したのかとか。

母は首をひねりつつも最終的には納得したようすで、台所へ行った。やかんを火にかけ、紅茶を淹れてくれてから、居間のテーブルで僕と向かい合った。

母の口から出てくる話は、どれも、僕にはまったく信じられない内容だった。どこか遠い世界で起きている出来事のようで、真実味がなかった。

話をすべて聞き終えて、まず湧いた疑問は、

「こういう機会がなかったら、僕は一生知らないままだったの？」

ということだった。

母はうーんと考えて、答えた。

「その可能性も、ゼロとは言えない。話す話さないは、わたしが決めていいことじゃないから」

それはそうかもしれない。

でも、考えたこともなかった。

橙子が、芳子さんの産んだ子じゃないなんて。

「そういえばすごく昔、橙子は生まれてしばらく入院してたって聞いたような気がする」

「あ、それは、コウちゃんやミサちゃん向けの話だったの」

「どういうこと？」

「橙子ちゃんが乳児院から引き取られたのは、彼女が二歳のときだったんだけど、いきなりもう赤ちゃんじゃない子が親戚ですって現れても、コウちゃんやミサちゃんみたいなお兄ちゃんお姉ちゃんは、信じないでしょう。だから長いあいだ入院してたってことにしたみたい。涼はまだ二歳だったから、わけわかってなかったけど」

コウちゃんやミサちゃんといった親戚と同じように、橙子も気づいたらいた。

産まれたときからいたと思っていた。

「橙子が、僕には言わないでって言ったの？」

「そう。五年くらい前かな、法事で久しぶりに顔を合わせたときに、もし涼ちゃんにまだ言っていないなら言わないでほしいって」

「それは、どうしてなんだろう」

「わたしにはわからない。自分より年上の人には知られても仕方ないけど、って言ってたような気がする」

橙子の気持ちを想像してみた。

同情されたくない、ばかにされたくない、下に見られたくない。プライドのようなものだろうか?

もしも僕が橙子だったら。

そんな風に想像することすら橙子にとっては屈辱なのかもしれない。

でも、橙子はとてつもない強運の持ち主だ。ほかでもない芳子さんに育てられたのだから。きっと芳子さんは僕にしてくれたようなことを橙子にもしたと思う。

いや、それ以上だろう。湯気のたつごはんに、笑いの絶えない家族。糊のきいたシーツと、上質なカーペット。なんの心配もない経済状況、無条件の愛情。

その温かく清潔な場所で、橙子は暴れていたのだ。積み木を投げ、大声をあげて水も泥も血もぐちゃぐちゃにした。カーペットに染みが落ちる。ボタボタボタボタボタ。牛乳や血や鼻水。染みはまたたく間に広がっていく。つんざくような悲鳴。

「橙子を育てるってものすごい苦労だっただろうね」

訊いても応答がないので「ね?」と念押しした。

母は眉を下げて、言った。

「それに対してどう答えたらいいかわからない」

「どうして」

「苦労のない子育てなんてないと思うから」

「いやでも、芳子さんのしたことはふつうの子育てとはレベルが違うでしょう。苦労の度合いっていうか、もう、別格じゃない?」

「わからない。わたしには何も言う権利がないような気がする」

母は声のトーンを落とし、そのまま黙ってしまった。

「橙子は、特別難しい子なんじゃないのかなあ。小さいころの橙子、ぜんぜんいい印象ないもん」

今もだけど、と心の中で付け加える。

「橙子ちゃんのせいじゃないんだよ」母は言った。「何をしても大丈夫、ちゃんと愛してもらえる。橙子ちゃんはそれを確かめたかっただけなんだよ」

そうなのだろうか。

だからといってなんでもやっていいわけじゃないだろう。すべてを受け入れられるはずがない。芳子さんのような聖人君子《せいじんくんし》でもない限り。

「むかし橙子と芳子さんと四人でスーパーに行ったことあったじゃない？」

「あったあった。涼、よく憶えてたね」

「だってあんな光景見たことないもん。ものすごかったよね。橙子腕を横に伸ばしてダーッと全力疾走してさ、棚にある商品を片っ端から床に落としていってたよね」

「そうだった」母は苦笑いした。

「橙子が走った通路は嵐が通り過ぎたみたいにぐっちゃぐちゃで。ラーメンや菓子パンだけじゃなくて、卵とか瓶入りの醤油とか焼酎とかもぜんぶ見境なしになぎ倒していくんだもん。あれって、あのあとどうなったの」

「そこは憶えてないのね」

「……芳子さんがひたすら謝ったんだろうね」

母は力なくうなずいた。

荒れ果てたスーパーの通路で立ちすくむ芳子さんが目に浮かんだ。突き刺さる、老若男女の視線。手が付けられない橙子。自分のふがいなさ。

いたたまれなかった。

「橙子ちゃんを抱きしめながら、すみませんすみませんって頭を下げてた。そのあいだにも橙子ちゃんは腕をすり抜けていってまたやるの」

「うわー」

「ぜんぶ弁償してその上出禁になって。そのころはまだネットスーパーとかなかったし、自然食品の宅配をたのむようにして、それ以外で必要なものは眠った橙子ちゃんを抱いてコンビニへ買いに行ったりしたみたい。でもそのころは六歳になってたから、引き取った当初よりはそれでもだいぶよくなっていたみたいよ」

「あれで?」

言ってから、はっとした。ということは。

その二年前。僕の父が亡くなったときはもっと大変だったんじゃないのか。

「もしかして芳子さんは、自分がめちゃくちゃ大変なときに僕たちをたすけに来てくれてたってこと?」

「そう。あのときは橙子ちゃんを育て始めて二年経ってたけど、今思うとまだまだきつい時期だったはず」

なんてすごい人なんだろう。幼子を、しかもあんなに手のかかる幼子を抱えながら、誰かをたすけようとするなんて。それも一回や二回気まぐれに、じゃない。ほぼ毎日、継続して芳子さんは僕たちの力になってくれたのだ。いつまで泣いてるのと母に呆れる親戚たちの中で、芳子さんだけが、一言も批判せずに寄り添ってくれた。たった一人、芳子さんだけが。

そして家に帰れば暴れる橙子に寄り添った。その苦労は想像を絶する。

「信じられない。僕なら無理だ。余裕なくて」

そうね、と母は困った顔で弱々しく口角を上げた。

「僕が芳子さんだったら、橙子を引き取って三日で音を上げるかもしれない。まあ、そんな人はそもそも里親になる資格がないだろうけど」

母は眉を下げて笑ってから、今だから言えるけど、と切り出した。

「わたしあのとき、怖い怖いって芳子さんに泣きついてたのよね」

「怖いってなにが？」

「とにかく異常な自分が。お葬式のあとも泣いてばかりでむなしくて無気力で頭の中はいつも混乱してて。このまま頭が完全におかしくなっちゃうんじゃないかって不安でたまらなかった。元の自分に戻れないまま死んじゃうに違いない、だって未来になんの希望も持てないし、この先笑えるようなことなんかひとつもあるはずないんだから。なんて、息子に言っちゃってごめん」

「いいよ、いまさら。僕ももう小さな子どもじゃないんだし。それで芳子さんはなんて？」

「それは正常だって」

「え？」

「異常どころか正常よって」

悲しみの真っただ中にいるときは、このまま気が狂ってしまうんじゃないかと思うことがよくある。そういうものなの。だから、大丈夫。すみちゃん、安心して。いまの状態はまったく正常で、そのうちなくなるから。

「罪悪感も？　ってわたし訊いたの」

「どんな罪悪感があったの」

「お父さんに対して、あんなこと言わなければよかったとか、言えばよかったとか、考えなければよかったとか、もしもあの日電話をしていたらとか。とにかくなにもかもよ。そしたら芳子さん、罪の意識なんて、ナメクジみたいなもんよって言ったの」

「ナメクジ？」

「そう。薄暗くてじめっとしたところでしか生きられないんだから、つまみ上げてお日様がふりそそぐ道端に置いてやればそのうち干からびて死ぬわよって」

笑ってしまった。芳子さんらしい。

芳子さんはそうやって母をうまく外へ連れ出してくれたのだ。

日光を浴び、歩いて、外の空気を吸い、母は徐々に元気になっていった。

自分がつらいときに人に手を差し伸べられる人。

冬香先生の言葉を思い出した。それはまさに芳子さんのことだ。

「橙子ちゃんも徐々に落ち着いていったのよ」

橙子がいま落ち着いているかどうかはともかく、以前に比べればかなりよくなった方なのかもしれない。

芳子さんのおかげで。

「橙子は幸せだよね。いろいろあったかもしれないけど、あんないいおうちに引き取られて」

「毎日おいしいごはんが食べられるし？」

「お母さんの料理もおいしいけどね」

「お世辞はいいです。芳子さんには遠く及ばないってことくらいわかってるから」

母は笑って腰を浮かせ、僕に紅茶のお代わりを注いでくれた。

僕はやっぱりこの話を聞いておいてよかったと思った。知って接するのと、知らずに謎と不快感がひたすら積もるのとでは、まったく違う。

それから母と僕はしばらくのあいだ、黙って紅茶をのんだ。

スーパーにあるものすべてをなぎ倒していく、ちいさな橙子の姿を思い浮かべた。かたわらに立つ、不安とかなしみでいっぱいの、芳子さんも。

## 6

「一位をめざすんでしょう?」

冬香先生は、僕のやる気を確認するようにじっと見つめてくる。

「そうです」

「この曲が作られた母国語で聴くと、また浮かぶ情景が違うわよ。不思議なことに」

「それはそうなんでしょうけど」僕は難解な文字を前に唸った。「いくらなんでもこれは」

その日のレッスンが終わる五分前、冬香先生がくれたのは『Die beiden Grenadiere』と題された楽譜だった。タイトルからして解読不能だが、『二人の擲弾兵』のドイツ語版らしい。

「歌詞がついているのはありがたいんですけど、僕、ドイツ語読めませんよ。この、気難しそうに曲がったBはなんて発音するんですか。ベータ?」
ス、とか、シュ、とかそういうクールで爽快な音を、冬香先生は出した。一度では聞き取れないし、言えそうにもない。舌の使い方がまったく不明だ。

「あとこの○の上にちょんちょんがふたつ付いているのなんて想像もつきません。カタカナ振ってくれませんか？」

「カタカナなんか振らないわ」冬香先生はきっぱり言った。「耳で聞いた音を身体に通して出すから、自分のものになるのよ」

「そりゃそうかもしれませんけど」

途方にくれる僕を、先生は面白そうに見ていた。

そして不意打ちのように、さっとCDを差し出してきた。

「じゃあ仕方ないから、これをあげよう」

帰宅してすぐ再生したその曲は、何かのコンクールで、ドイツ人男性が独唱しているものだった。これなら、難解ドイツ語の読み方がなんとなくわかる。音楽が流れだした瞬間、僕は一気に前のめりになった。

まず、ピアノが素晴らしかった。キレのある出だし。兵士の迷いを表す場所では波にたゆたうようにゆれ、観客を落ち着かない気持ちにさせる。兵士がすべてを吹っ切って前を向くシーンでは、力強く、ソリストを支える。決して彼より前には出ず、けれど確実になくてはならない存在として、歌声を引き立てる。

そしてなにより僕は、このバリトンの彼の歌に度肝《どぎも》を抜かれた。逡巡《しゅんじゅん》するときのやわらかさも、力強い決心に下っていく厳《おごそ》かさも、絶望の悲しみから前を向く強さまで、とにかく表現の幅が広い。聴く者の感情のひだを撫でる声の厚みは常に一定ではなく、振り回されてしまうほどの強弱があった。一体化した、と思った次の瞬間には離れ、むしろ反発する。思い通りにならない不思議な魅力があった。

でも、ヤマオだって負けてない。

伴奏者のピアノに自分の手を重ね、バリトンの歌声にクラスメイトと、そしてヤマオと橙子の声を重ねて、僕は何度も何度も、その曲を繰り返し聴いた。

第二音楽室は、陸の孤島、旧校舎の一階奥にひっそりと佇む。

生徒たちの教室がある新校舎からは、長い渡り廊下を通って向かう。旧校舎にあるのは第二音楽室と物置、あとは使われていない教室だけだ。

軋《きし》む渡り板を踏んで歩いていると、第二音楽室から、ぽんぽんと一本指で弾くようなピアノの音が聴こえてきた。はやる気持ちを抑えて旧校舎に入る。

ガラガラとドアをあけると、グランドピアノの前に立っていたのは華奢《きゃしゃ》な背中だった。グレーのニットとレモンイエローのミニスカート。

「青木さん」

振り返った彼女の頬にはニキビ一つない。きれいな肌が朝の光を浴びてつやつや輝いている。

「涼ちゃん、おはよ」

「おはよう。青木さんメガネ替えた？」

「うん、昨日買ったの。涼ちゃんは気づいてくれると思った」

「似合ってるよ。形はそんなに違わないのに、前のより横顔がすっとして見える。うん、すごく可愛い」

「それはどうもありがとう」

青木さんは照れ笑いを浮かべながら、人差し指で鍵盤を叩いた。

「弾いてるのヤマオかと思ったよ」

「なんで？」

「ブラバンって、ピアノ習ってる子が多いイメージあったから」

「ブラバンにしてはヘタだなって？」

「いや、今弾いてたのって、クリスマスソング？」

鞄を置きながら尋ねると、ソングってほどでもないでしょ、と青木さんは顔をしかめた。

「ほかの二人はまだ？」

「千葉さんは知らない。ヤマオはもう少ししたら来るよ」

「何かあったの」

「ぎっくり腰の池邊先生の荷物運びを手伝ってた」鍵盤をぎこちなく叩きながら青木さんは言った。「あー、私も涼ちゃんみたいに、ちゃんとピアノ勉強しといたらよかったな」

「部活で便利だから？」

「いや、それはあんまり思ったことないんだけど。楽譜はピアノ習ってなくたって読めるし。最近妹がさ、弾いてって言うんだよね」

「クラリネットで演奏してあげたら」

「クラじゃやだって。幼稚園の先生が弾くみたいにピアノがいいらしい。それで、できたら自分も弾けるようになりたいんだって」

ふうん、と僕は青木さんの指に視線を落とした。

「私も幼稚園のころ、ピアノを弾きたいと思ったんだけどねえ」

「習いたいって言わなかったの？　大根のことで電話をくれるようなお母さんなら、ピアノくらい習わせてくれそうだけど」

「うーん、私、小さいころはそれどころじゃなかったらしいんだよね」

青木さんの横顔がかすかに陰った。

「どういうこと？　って訊いてもいいの」

「いいよ、涼ちゃんなら」

　顔を上げて青木さんはメガネを指さした。

「これ、赤ちゃんのころからかけてるんだ」

「そんなに小さいときから」

「そう。外したら怖くて歩けない。もし裸眼だったらね、そこにある」と言って青木さんは黒板の脇にあるチョーク入れの白い箱を指さした。「あれが仔犬だって言われれば、やったあってうれしくなって撫でにいく。それくらい視力低いの。冷静に考えれば教室に犬はいないだろうって思うけど、私には見えないから」

　目のことはずっとコンプレックスだった、と青木さんは言った。知り合ってもうすぐ五年になるというのに、何も知らなかった自分が情けなくなってくる。

「けどさ、十七にもなれば、ああ、お母さんも、事情を知らない人たちにじろじろ見られていやだっただろうなあとか思うわけよ」

「そんなこと」

「うん、お母さんは一言も言わないけどね。でもきっと自分を責めたりしたと思うんだよね。自分がお母さんの立場だったらって想像すると、妊娠中に食べた何かがこの子に悪影響を及ぼしたんじゃないかとか、そういうことを考える気がする。それに目だけじゃなくて私、言葉が出るのも他の子よりずいぶん遅かったんだって。いろんな先生に診てもらったりして、お母さんすごく大変だったと思うんだよ」

「今の青木さんからはとても想像できないけど」

でしょう、と胸を反らして青木さんは笑った。

「だからね、妹の視力に問題がないってわかったときも、はじめての言葉が思ったより早く出たときも、お母さんといっしょに抱き合って喜んだんだ」

「妹さん、いくつ？」

「五歳」

「へええ、ひと回りも違うの」

「うん。泣いたら抱っこしてミルクあげて、おむつもいっぱい替えた」

「いいね、可愛いだろうね。妹って、なんか憧れるな」

涼ちゃん。青木さんが丸メガネの奥の目をじっと細めて言った。

「変な意味で言ったんじゃないよね？」

「ちがいます」

「百パーセント？　神様に誓える？」

「百五十万パーセント。誓える。嘘発見器でもなんでも受けるよ。でも神様ってなんの？」

「あ、ごめん」青木さんは照れくさそうに顔をほころばせた。「妹の口癖なの。特になんのってことはないと思う」

お姉ちゃんひとりでチョコ食べたでしょう。ううん食べてないよ。神様に誓える？　妹に問われてぐっと詰まる青木さんが目に浮かんで、愛らしいなと思った。一人っ子でさみしいと思ったことはないが、姉妹というのは何か華やいだうつくしいイメージがある。大きくなったら、メイクの仕方を教えたり服の貸し借りをしたりするんだろうか。

「じゃあ今度、涼ちゃんちで練習する機会あったら、妹も連れてっていい？」

「なんのじゃあだかよくわかんないけど、いいよ、もちろん。うちのお母さんも歓迎すると思う」

「よかった。ありがとう。ねえ涼ちゃん、クリスマスソング教えてよ。なんかすっごく簡単なやつ」

僕はちょっと考えてから、赤鼻のトナカイを弾いた。

ただし、よく耳にするのとはまったく別の、うんざりするような暗いトーンで。さっきつけられた見当違いな言いがかりに対する、いやがらせのつもりだった。

八小節演奏したところでさりげなく青木さんの反応を窺った。きょとんとした表情を浮かべている。

「え、これ、なに？」

いやがらせが通じてない。

僕はむきになって、さらに転調した。激しく鍵盤を叩き、暗さを一気に加速する。サビのいちばん盛り上がるはずの部分で、どん底に暗い落ち込んだメロディを奏でた。

青木さんがぶはっと吹きだした。木造の第二音楽室に笑い声が響き渡る。

「なにこれ、クリスマスソングじゃなくて、軍歌じゃない！　ねえもっと、ほかにないの？」

だめだ。いやがらせどころか喜んでいる。

脱力して今度はジングルベルを最高潮に暗く弾いた。

「これも軍隊だー！　アッハッハ」青木さんは手を叩いて爆笑し、それから敬礼した。「はいっ、上官の命令には、何があっても従います！」

そうか、これは軍歌か。言われてみればそうかもしれない。青木さんの発想はおもしろいな。僕はこの世の終わりのようなクリスマスソングを奏で続けた。褒め上手の青木さんにのせられて次々弾いていった。脇の下に汗がにじむ。

「みゆにはどれを弾いてあげよっかなあ」

「え、これを妹さんに教えるの？」弾きながら尋ねた。

「そう。この調が実はノーマルだと思わせといて、いつか真実を知ったみゆが驚愕《きょうがく》する日を楽しみに待つ」

「そんなことのためにはいやだよ、断る。純粋な子どもを騙しちゃいけない」

「天才だな」

後頭部のはるか上で、よく響く声がした。

大きな上履きが目に入った。第二音楽室の時計を見る。時間ピッタリだ。

「そうなんだよ、ヤマオー。涼ちゃんすっごいの」

「すごくないよ」

急に、自分の汗の匂いが気になった。

「いや、すげえよ」

「そんなことないって。ピアノ習ってればこれくらい誰でもできるよ」

「えーそう？　吹奏楽部でも、涼ちゃんみたいに弾ける子見たことないけど。そんな謙遜《けんそん》しなくていいじゃん」

でも、と言う僕を遮って、

「青木さんの言うとおりだ」ヤマオが僕を見おろした。「今度謙遜したら罰ゲームな」

「いいねえ！　何してもらおっかなあ」不敵な笑みを浮かべながら青木さんが同意した。

「ねえ涼ちゃん、なんかもっと落差があるやつ弾いてよ」

「底抜けに明るい曲ってこと？」

「そう、それをどーんと下げるの」

「うーん」

僕はいくつか候補を考えてから、明るいといえば結婚式だな、とひらめき、新郎新婦入場でよく流れる曲を、頭の中で整理してから弾いた。もちろん短調でどんよりと。

弾き始めた瞬間、青木さんは僕の背中をばんばん叩いて笑った。

「これすきー。ぜったい幸せになれない結婚式じゃん！」

ヤマオも苦笑しながらうなずいた。

僕は気をよくし、そのまま繋げて今度は卒業式でよく歌う、旅立ちの明るい曲を短調で奏でた。

「あ――ぎもちわるい」青木さんが自分の両腕を抱いた。「ぜんぜんめでたくない門出だね！」

「転調が自由自在ってすごいな」

「自由自在ではないけど」

「あ、謙遜！　涼ちゃん罰ゲーム！」

俄然張り切りだす青木さんをなだめながら、ヤマオが僕の横顔に尋ねる。

「頭の中でさっとできるんだろう？」

「こういう簡単な曲くらいなら」

僕は弾き続けながら答える。褒められるとうれしい。ヤマオに言われると、特別うれしい。自分はここにいてもいい人間なのかもしれない、ほんのすこしだけそう思えるから。

ヤマオの発する言葉には不思議な威力があった。きっと青木さんやほかのクラスメイトも同じように感じている。

橙子も。だからなんだかんだ言いつつソロを引き受けたんじゃないだろうか。

ピアノと笑い声のすきまに、入り口の方から板の軋む音が混ざった。

「なにそのぞわぞわする音楽」

橙子だった。形のいい眉を思い切りひそめている。

「きっしょくわるい。階段踏み外しまくってるみたい」

青木さんが時計を見て仰天した。

「すごい！　五分しか遅刻してない」

「いやみ？」

「本気で褒めてるんだけど」褒めてると言いながら、声には険がある。

「なあ」やりあう女子を尻目に、ヤマオが僕の目を見て言った。「最後に運動会のあれを弾いてくれないか」

なんという名案。さすがヤマオだ。自分の瞳が輝くのがわかる。

弾きはじめてすぐ、橙子が怪訝な顔で訊いてきた。

「ひたすらかなしいこの曲は何」

「『天国と地獄』だよ」

「あー、徒競走のときかかってるやつ」

「よく言うよ、来なかったくせに」

青木さんが突っ込んだ。確かに、と吹きだしながら、すこしずつ転調していき、暗い地獄のどん底に落とした。

「涼ちゃんの手、楽しそう！」メガネの下の目尻をぬぐいながら、青木さんが言った。

「たしかに。曲は暗いけど指はばかみたいにうきうき跳ねてる」橙子が橙子らしく同意した。

「白いふわふわの仔犬が春の野原を駆け回っているみたいじゃない？」

「どうしてこんなふうに弾けるんだ」僕の肩の横で、ヤマオの顔がこちらを向いた。

「涼はすげえな」

大したことない、そう言いかけて青木さんの目がじいっと細まったことに気づいた。

あわてて言葉を飲み込み、うつむきながら言った。

「ありがとう」

青木さんが満足げにうなずく。ヤマオの口角も上がった。

「この曲が終わったらソロの練習ね。あと二十分でみんな来るから」

お遊びラストだと僕は気合いを入れて、最高潮に絶望的な『天国と地獄』を奏でた。青木さんが笑い、ヤマオが笑い、橙子も笑っていた。

# 7

○月×日
アルバムをひらいてみた。

ちいさいころの可愛いあの子を見たらすこしは気が紛れるかと思って。


写真を積極的に増やし始めたころのことは、よく憶えている。

あの子は、他の子よりできないことが格段に多かった。

たとえば、トイレを出たら手を洗う。たったそれだけのことが、何度教えたってできない。不思議でしょうがなかった。とても簡単なことなのに、どうして。

同年代で、できないのはあの子だけだ。

毎朝、目覚めるたびに憂鬱《ゆううつ》だった。また一日が始まってしまったと、ベッドの中でため息がもれた。

私は育児に向いていないのかもしれない。

私に育てられるこの子は可哀そうだ。

こんな毎日が、いつまで続くのだろう。

健診や子育て広場に赴くのも、近所の公園に行くのすら、気が重くて仕方なかった。

だって、あの子だけ他の子と違うから。

私はいつも祈っていた。

どうか、どうか。

どうかみんなと同じになってほしい。

お願いします。

じろじろ見られない、後ろ指をさされない、ふつうの子になってください。


そんな日々の中で、ちょっとしたハプニングが起きた。

デパートへ買い物に行ったときのこと。

あの子がトイレで、個室に一人で入りたいと言い出した。あぶないからいっしょに入ろうと誘っても頑として聞かない。

長い時間言い合いをしていると、年配の女性が迷惑そうに眉を雲らせ通りすぎた。

あきらめて、私は隣の個室に入った。

出たら案の定、隣は空っぽ。
だから言ったのに。
私は慌ててあの子を探した。
鏡の前に、ぶらぶら浮いている両足が見えたときは、ひやっとした。
あそこでいったい何をしているのか。
事故。事件。それともまた他人に迷惑をかけている？
駆け寄りながらあらゆる可能性を考えた私は、真実を知って、息をのんだ。
あの子は、洗面台に上半身だけよじのぼり、手を洗っていた。
ひとりで、手を洗っていた。
涙をこらえることができなかった。
やった。
できた。
やっと、できたんだ。
その光景を、目に焼き付けた。
その日以来、私はどこへ行くにも鞄にカメラを入れておくようになった。
一瞬を、残しておきたいと思ったのだ。
他の子より時間がかかるだけなのだと受け入れた私の気持ちごと、残しておきたかった。

あの子も時々カメラを使いたがった。

お母さん、カメラを貸して。

そう言って掌を伸ばしてきた。

変なところをいじって壊さないよう、何度も注意してから手渡した。

お母さん、笑って。

あの子はレンズの向こうでいつもそう言った。

でも、笑えないことの方が多かった。

だって私は毎日疲れていたから。不安だったから。悲しくて怖くて、たまらなかったから。

お母さん、笑って。

そう言いながらお手本のように口角を上げて見せる、あの子の方がよっぽど上手に笑えていた。私はカメラを返してもらい、あの子を撮った。どこへ行くにも持ち歩いて、あの子をたくさんたくさん撮った。

あのころのアルバムを見れば、少しは今のあの子のことが可愛く思えるだろうと期待していた。

けれど、ひらいてすぐに閉じた。

すべてが悲しい記憶になっていた。

色なんかない。

キューピー人形を抱いて立っているあの子も。

七五三の直前だというのに自分で髪を切ってサイドに変なシャギーが入ってしまったあの子も。

散歩中の仔犬を撫でてうれしそうに私を見上げる笑顔も。

ぜんぶ灰色だった。

アルバムを閉じても、瞼の裏にモノクロが貼りついて離れない。

# 8

「アルトのソロ、徐々に人数増やさない？」

教室で全体合唱したあとの休憩時間、橙子が言った。

「最後の方はクレッシェンドだからさ」

キーボードのスイッチをいったん切って、橙子の提案を実行するとどうなるか、頭の中で流してみる。

最初は橙子一人で歌う。そこに二人、三人、と増えていって最後はアルト全員。なるほど。ありかもしれない。

「悪くないけど、勝手に編曲することになっちゃうよね」

「まあ、とりあえずやってみよっかね」ひげをこすりながら、ヤマオが言った。

どのようなバランスで人数を増やしていくかアイディアを出しあい、決めてから、青木さんがクラスメイトに説明してくれた。

三度、通しで歌ってみた。

何度歌っても橙子のソロが今一歩なことに変わりはなかったが、人海戦術で強弱にはメリハリが出た気がする。これはこれでいいのかもしれない。何より安心だ。

僕と青木さんは目でうなずきあった。これでいこう。

そして同じタイミングでヤマオを見た。彼がどう思ったか知りたかった。

ヤマオは目を閉じ、黙って何か考えている。

その目がぱっとひらいた。黒目が橙子を捉える。

組んでいた腕をほどき、ヤマオはきっぱり言った。

「やっぱりあそこは増やさないで、千葉さんひとりで歌った方がいいと思う」

「な、なんで」

へどもどする橙子に、ヤマオは迷いなく言い切った。

「その方がきれいだから」


橙子がはっと空気の塊を飲み込んだ。ヤマオの言葉が橙子の胸を貫いたのがわかった。

ヤマオの心地好い声の振動が、まだ教室に残っている。

確かに橙子の声はきれいだ。

でも、きれいなだけで、何かが足りない。それが何なのか僕にはわからない。

「誰かに何かを伝えたいとき、その表現したい感情にいちばん近寄れる手段は何なのか」

そんな風に冬香先生は言っていたが、橙子にとってそれが歌なのかどうか、僕にはわからない。もしくは橙子に伝えたいものがないか、受け取る側の僕に問題があるのか。

すくなくともヤマオは橙子が一番だと思っている。ソロに推薦したし今日もこうして褒めている。橙子のよさがわからない僕がおかしいのかもしれない。

「ねえ千葉さん」

青木さんに呼ばれて橙子は振り向いた。その心底だるそうな表情はいつも通りの橙子だ。

「これがどんな歌かわかってる？」

橙子はせせら笑う。

「歌詞見ればわかるっつーの」

「もっと、孤独な兵士になりきってみたらどうかな。戦地で立ちすくむ絶望でいっぱいの兵士になって、歌の世界に入っていくの」

橙子は応えない。にやにや笑っている。青木さんはめげずに続けた。

「たとえば、我が家に残せし、のところ。家族を思いながら歌ってみたら」

「は？」橙子の目が一気に鋭くなった。

「そのあとに出てくるふるさとにも繋がるけど。傷だらけで、故郷を思うってどういう気持ちか、一回真剣に想像してみてよ」

「なんであんたにそんなこと指図されなきゃなんないの」

「あのね、おじいちゃんが言ってたんだけど、ふるさとを恋しく思う原点は、空気なんだって。赤ちゃんはお母さんのお腹から出てきたら息を吸うでしょ。はじめての空気。その空気が年をとっても、死ぬまで身体に残ってるんだって。それがふるさとに対する愛情じゃないかって。そういうこととか考えてみたら、もっと感情がこもって自然と声も大きく」

「うるせーよ！」

その先は橙子が遮った。

どきっとした。橙子の大きな声にではなく、ふるさと、という言葉に。

橙子のふるさとを僕は知らない。橙子は知っているのだろうか？　知っていてもそうでなくても、そこは、あえて考えたいような場所ではないのかもしれない。人の発言によってむりやり頭に侵入させられたくなどない、そう橙子が思っていてもおかしくなかった。

でも何も知らない青木さんに、そんな言葉を使うなというのは無理な話だ。

それにほんのすこし前まで僕も何も知らなかったのだ。

橙子はこれまでにいったい何度、こういう思いをしてきたのだろう。そのたびにどう対処してきたのだろう。

頭のもやもやを吹き飛ばすように、僕は『二人の擲弾兵』の歌詞に視線を落とした。

牢獄を出でて帰る　兵たちふたり
祖国へ着くを待たず　力も失せ果てぬ
「悲しや味方は破れ　敵にくだりたり」と彼らに告げし者あり
君や同胞いずこ

よろめき進むふたり　耐えがたくなり
語りぬ「終わりぞ　この傷の痛み」
また言う「運命ぞ　今際の思い　我が家に残せし妻子に通う」
捧げし妻子は　我かえりみざれど
口惜しや　国破れ　君とらわれたもう

友よ聞き給え　死は近づけり
わが骸　たずさえて　ふるさとに葬れ
緋の紐むすびし　鉄十字章を　わが胸に置け
わが諸手には　銃を握らせよ
剣の革帯　わが腰につけよ

さらば我見張りす　棺のうちより
大筒轟きわたり　騎兵なだれ進み
君はわが墓踏み越え　剣戟の響き　天地にこだません
そのとき我　墓を出で　君に従いていく

ヤマオと橙子がソロを歌う箇所は、ドイツ語でも諳《そら》んじることができるようになった。冬香先生がくれたCDを毎日暇さえあれば聴いているからだ。

先生が言うように、あの曲が作られた母国語で聴くと浮かぶ情景が違った。歌詞には作り手の思いが込められている。それは単に言葉に意味があるというだけでなく、発声自体にも人に与える印象があるのだと思う。そして日本語とドイツ語ではそれがまったく違う。

いろんな情景を心に映し、よく咀嚼《そしやく》してから、僕はピアノで表現する。ドイツ語で聴くことによってその幅が広がったような気がする。

あのCDを冬香先生からもらえてほんとうによかった。

そうだ。

僕は背すじを伸ばして、青木さんを呼んだ。

「なに？」

「このCD、かけてみてくれない？」

「なによこれ」

青木さんはいぶかしげな表情を浮かべつつも、CDをセットしてくれた。

バリトンの裏声にはじめは面白がっていた生徒たちも、それが自分たちの歌う曲だとわかるとさっと口をつぐんだ。ずっしりと重いのに息がすばやく抜けるようなドイツ語が、教室に流れる。

さりげなく窓際を窺った。

橙子の横顔はじっと音楽に聴き入っている。

「橙子ちゃん、おうちごっこしよう」

青木さんの妹に手をひっぱられて、橙子はカーペットにぺたんと腰をおろした。

放課後、教室や音楽室で全体練習を終えたあとは、僕の家に移動してさらに歌うのがいつもの流れになった。青木さんが「闇練《やみれん》」と名づけたその練習に、意外なことに、橙子もわりと楽しそうに参加した。

橙子の表情がやわらかくなったのは、青木さんの妹の影響が大きい。

「みゆ、今練習中だよ」お姉さんの顔で、青木さんがたしなめる。「ちゃんとお約束したでしょう。ひとりでおりこうさんに遊ぶって。本番まであと二週間しかないんだよ」

「そんな約束してないよ。みゆがおうちでハッピーと遊んでるって言ったら、るすばんなんかできるわけないってお姉ちゃんがむりやり連れてきたんじゃん」

「ハッピーって？」

口を挟んだ僕に青木さんは「うちのおじいちゃん犬」と答えた。「もう散歩も行けないくらいよぼよぼで、おむつしてるの。夜寝るときのみゆとおんなじだよね」

「おむつのことは言わないって言ったのに！」

「それはだめだ青木さん」橙子が青木さんの肩に手を載せた。「約束は守らないと」

「どの口でそういうセリフが言えるわけ？」青木さんは冷めた目で橙子を見つめた。

「それにハッピーは歩けるよ！」

「ハッピーのことはいいから。みゆ、ちゃんとお姉ちゃんのお話きいて。橙子ちゃんは、大事な大事なソロパートがあるの。だからみんなよりいっぱい練習しないといけないいんだよ」

根気強く言い聞かせる青木さんを見ながら、僕は思った。

もし青木さんが子どもを産んだら、きっといいお母さんになるだろう。ちょっと怖いけど。

我が子をなぐさめて励まして、見守る。いっしょによろこんでかなしんで。この世界にあるうつくしいものをいっしょに見る。そんなお母さんになる青木さんが目に浮かんだ。

そして、同時に湧き上がる思いに蓋をすることができなかった。

橙子はどんなお母さんになるだろう。

橙子を産んだのは、どんな人だったんだろう。

「大丈夫。あたしここで歌うから」

みゆちゃんの後頭部を愛しそうになでる橙子の顔は、教室にいるときとは完全に別人だった。橙子が子ども好きだなんて意外すぎる。それともみゆちゃん限定か？

「おうちごっこしながら歌えるような、軽い曲じゃないでしょうよ」

あきれ果てる青木さんを横目に、みゆちゃんは橙子をバブちゃん役に任命した。

「はい、これはバブちゃんの帽子よ」

鞄からちいさな毛糸の帽子を取り出して橙子の頭に載せる。そうして自分は、子ども用のエプロンを装着した。うしろの紐を赤ちゃん役であるはずの橙子に結んでもらっている矛盾に気づかないところが可愛らしい。

「いまどきは、おかあさんごっこって言わないんだねえ」

母がお茶とお菓子を運んできてくれた。

青木さんがさっと立ち上がってお盆を受け取る。

「そうなんですよ。私もはじめ聞いたときはえって思いました」

「ごっこ遊び、むかしよくやったなあ。いっつもおかあさん役の取り合いになるの」

「私のときもそうでした」

「子どものころっておかあさんになってみたかったよねえ。お買い物してお料理つくって子どもを可愛がって。ぜんぶ楽勝に見えたな。いざなってみると、全然そんなことないんだけど」

「そうですよねえ。私なんてこのちび見るだけで大変ですもん」

「ちびじゃない！」

みゆちゃんがむきになって言う。

おかあさんごっこは、なくなっちゃったのか。母が苦笑いした。

「あ、でも遊びの中身自体はあんまり変わってないんですよ。ただネーミングに配慮した感じです。そういえば父兄参観とかも、いつの間にか言わなくなったよね？」

同意を求められ、ヤマオがゆっくりうなずいた。

僕はピアノの椅子から降りて洗面所へ行った。手を洗い、鏡を見ながら髪を整えていると、うしろから橙子とみゆちゃんがやって来た。

「みゆもおてて、洗うー」

「えらいね、みゆちゃん」

褒めて橙子は、みゆちゃんをうしろから抱っこした。僕のすぐ横で。触れそうな距離に橙子の顔がある。息遣いが聞こえる。

涼ちゃん、水の流れる音にかぶせるように橙子がひっそりと言った。

「涼ちゃんにお願いがあるんだけど」

「なに」

橙子が僕にお願い。いやな予感がする。

「ちょっと買いたいものがあって、その荷物の送り先をここにさせてもらうことになったの」

「うん」

中身が何かは訊かないことにした。自分の心の平和のために。

「すみちゃんにはもう許可をもらってる。それで涼ちゃんに頼みたいのは、うちの親には絶対言わないでってこと」

「わかってる」

「あと、あたしがほぼ毎日ここに来てることも」

「言わないよ」

「すみちゃんはほとんどうち来る機会ないし、口も堅いから大丈夫だと思うんだけど」

そう言うと橙子は、疑わしげな目つきで僕を見た。

「僕はしゃべるかもしれないって言いたいの?」

「うん」

なんだそれ。だいたい親戚の家で合唱祭の練習をすることを、なぜ秘密にしておかないといけないのか。「ファミレスで友だちと勉強している」ならよくて「涼ちゃんの家で練習している」はなぜだめなのか。わけがわからない。

「もーみゆ、こんな邪魔ばかりするならもう連れてこないよ」

うしろから青木さんがやってきた。ブラバンの子たちがよく持っているミニタオルでみゆちゃんの手を拭きながら、青木さんは言った。

「ねえ千葉さん。携帯のアドレス教えてくれない?」

「なんのために」

「その方が便利だからよ。私に教えるのがいやなら涼ちゃんに教えておいてよ」

「やだよ。そんなの意味ないから」

意味ないって。

ため息まじりに肩をすくめて青木さんは、みゆちゃんを連れてリビングへ戻った。

僕と入れ替わりに母が洗面所へ入っていく。

「すみちゃんの手って、うすいんだね」

橙子の声が背中に張り付いた。なぜだかすこしぞわっとした。

「え、そう？　そんなことはじめて言われた」

「うらやましいよ、あたしの手はぷくっとしてるから」甘えるような声で橙子は言う。「すみちゃんの手は、掌はちいさいのに指が細長いからきれいなんだよね、ほら。あたしと比べたら」

早足で歩いてリビングに入り扉を閉めた。橙子の声は聞こえなくなった。フローリングに胡坐をかいてマグカップを持っているヤマオと目が合った。

母がみゆちゃんを見てくれているあいだに、何度か通しで歌った。

橙子のソロは、日に日によくなっている。声量はまだ足りないけれど。

橙子の声には独特の色があった。その色は、ほかの誰とも似ていない。目を閉じて聴くと最初は少年の声かと思う。ぞくぞくする妖しい歌声だ。特に低音がきれいに響く。

ヤマオは小中学校のどこか、おそらく音楽の授業で、この声を聴いて橙子をソロに推薦したのだろう。

ヤマオの判断はやはり間違っていなかった。僕は少しずつ、そんな風に思い始めていた。

ひとつめの音で橙子は、聴く者の心をわしづかみにして自分にぐっと引き寄せる。あとはもうすこしその力が欲しい。二週間あればなんとかなるかもしれない。期待と焦燥が入り乱れ膨らんでいく。

「はいバブちゃん、ミルクの時間ですよ」

休憩になるとみゆちゃんはすかさず橙子に寄っていった。丸めて筒のようにしたミニタオルを橙子に差し出す。受け取って橙子はのむふりをした。

「ちゃんとおひざの上でのんでください！」

憮然《ぶぜん》とした表情でみゆちゃんは言った。自分のひざをぽんぽんたたく。

「ほら、おいでバブちゃん」

「おいでと言われて来られるような赤ん坊がミルクのむかね」

青木さんが低くつっこむ。母と僕は笑いをこらえる。ヤマオは黙っていた。

橙子はみゆちゃんのそばへ行き、胸に抱かれながらミルクをのんだ。

その光景は、とても貴く、神々しかった。

ひと回りも年下の、まだたった五歳のみゆちゃんが、ほんとうに母親のように見えた。

「そうだよ。何度も同じこと言わせないでよ」

「ファミレスにいるってことになってるんでしょ」僕は確認する。

「うん」と橙子は元気よくうなずいた。

できあがった料理を皿に盛りながら、母が尋ねた。

「家には連絡した？」

「どうして内緒にする必要があるの？」

橙子は軽蔑のまなざしで僕を見た。

「どうしてそんなこともわからないの」

「ご、ごめん」なぜか謝ってしまう。

「いやがるからに決まってるじゃん」

何をいやがるのか。いったい何のために。どうして。まったく意味がわからない。

橙子は話す気力が失せたらしい。母の方を向いて声を飛ばした。

「すみちゃん、のど渇いたー」

「冷蔵庫に麦茶が入ってるよ」

「冷蔵庫、開けていいの?」

母は作業の手を止めて振り返り、にっこり笑った。

「いいに決まってるでしょう。ついでにコップも三人分出してね」

テーブルに食事が並んだ。鮭のソテー。切干大根。豆腐とわかめの味噌汁。橙子の分は少なめだ。家に帰ってからもう一度食べるらしい。それでよくそのスリムな体型を維持できるものだ。

テレビでは今日も、虐待のニュースが流れている。

橙子が半笑いで言う。

「死んだらニュースになるよね」

「やめようよ、食事どきに」僕はうんざりして言った。

「死ななきゃニュースにならない」

リモコンをつかんでチャンネルを替えた。ちょうど短いニュースが流れる時間帯で、どこも似たようなニュースを報じている。

「だけど、乳飲み子を置いて男と旅行に行って、帰ってきたら子どもが糞尿にまみれて死んでたっていうほどの残虐さとはまったくちがうからいいってもんでもない」

もうやめて。そう言いかけた僕を、母が視線で制した。

「奇跡的に保護されるとしたって、もう死ぬ寸前。死ぬ寸前まで待つ意味がわかんない。死ぬ寸前まで誰も気づかない意味がわかんない」

げんなりした。味もへったくれもない。バラエティ番組にチャンネルを替えた。

橙子は暴走について話している。僕は水で流し込むようにして食事を終え、器をキッチンへ運んだ。


「何かトラブルが起きたらわたしのせいにしていいよ」

部屋から一歩廊下に出たら、母の声が聴こえた。僕は足を止めた。

「でもすみちゃん」橙子の声はふるえていた。

橙子を送っていくよう言われていた時間だったが、到底入ってはいけない空気だ。

「それでもしすみちゃんと会えなくなったら、あたしの味方がいなくなっちゃう」

「いなくならない」

「あたし、ひとりになるのはいやだよ」

「ひとりになんかならない」

「ほんとに？　ねえすみちゃん、ほんとに？」

「うん。橙子ちゃんがつらいときはどうしたらいいか、いっしょに考える」

「たすけてくれる？」

「たすけられるかはわからないけど、いっしょに考えるよ。ない知恵絞ってさ」

冗談めかして母は言った。

橙子の洟《はな》をすする音がくぐもって聴こえる。母が抱擁しているのかもしれない。

恵まれた環境にいながらこんなことを言うのは、橙子のせいじゃないのだ。

僕は母の言葉を思い出していた。何をしても大丈夫、ちゃんと愛してもらえる、
橙子はそれを確かめたいだけ。信じてあげないといけないんだ。

たとえ橙子がどんなに支離滅裂で大嘘つきでも。


「涼、橙子ちゃん送っていってあげて！」

呼ばれて、玄関に行った。

「じゃあ橙子ちゃん、おつかれさま。気をつけてね」

「うん。すみちゃんありがとう。ごちそうさま。またメールするね」

橙子は笑顔で母に手を振り、家を出た。

自転車にまたがり、橙子を後ろに乗せる。勢いよくペダルを踏んだ。

また、いろんな口裏を合わせなくてはならない。ああ面倒くさい。

「言ってないよね？」

背中に熱い息がかかった。主語も目的語もない脅し。

「ソロのことなら、言わないようにヤマオと青木さんにも念押ししてある」

「ならいいけど」

「施設の件は誰にも言ってない」

「これからも言わない」

「これからも言わないよ」

「誰にも知られたくないから。絶対。涼ちゃんにはわからないだろうけど」

「橙子がどんなふうに思って知られたくないのかは、わかろうとしても僕にはきっとわからないんだろうけど、知られたくないっていうのはちゃんと理解したつもりだよ」

精一杯ていねいに言葉を組み立てたが、黙殺された。

僕なりに協力していることが橙子には伝わっていないんだろうか。怒りを踏みつぶすように無言でペダルを漕ぎ続けた。

家のそばまでくると、橙子は携帯電話を取り出し電源を入れた。画面の人工的な光に、橙子の横顔が照らされる。

「いつも不思議だったんだけどさ」

「なに？」橙子がじろりと僕を見る。

「なんでうちにいるとき電源切ってるの？」

「ＧＰＳ」

手早く言って橙子はドアノブをつかんでひいた。

奥から、芳子さんが出てきた。短く整えられた髪、センスのいいエプロン。家の中からは醤油とだしのいい匂いがする。

「悪いわね、涼ちゃん。いっつも勉強見てもらっちゃって。ちょっとあがってお茶でものんでいってよ。それともごはん食べてく？」

「いえ、大丈夫です」

「ファミレスでなんか食べたの？」

「はい、すこし。僕はここで失礼します」

言いながら視線を落とすと、玄関に、僕のものより小ぶりの革靴があった。

「お父さん」芳子さんが橙子を見てほほ笑んだ。「さっき帰ってきたところよ。日本は寒いって震えてる」

大叔父は外国の工場を管理するような仕事をしているらしい。むかし詳しく聞いたけれど忘れてしまった。

　ふいに橙子が僕を呼んだ。髪に隠れて表情は見えないが硬い口調だった。

「ちょっと待ってて、ノート返すから」

「え？」

「借りてた物理のノート！」

　そう言うなり橙子は階段を駆け上がっていった。

　僕は橙子に物理のノートを貸した覚えがない。そもそも僕は物理を選択していない。いったいどういうつもりだろう。

「橙子に勉強教えるの大変でしょう」

「はあ、まあ」

「でもね、私が教えるときはもっと地獄よ。こっちもイライラ、あっちもイライラ、ぶつけあいで。ふふっ」

　芳子さんにつられて僕も笑ってしまう。

　階段を降りてくる音がしたかと思うと、橙子が茶封筒を差し出してきた。僕は黙ってそれを受け取った。

　二人に見送られて、僕は夜道を歩き出す。

「橙子、そろそろ美容院に行った方がいいわよ」背中で芳子さんの声が聞こえる。「自分じゃわからないだろうけど、横がほら、ふくらんでる」

街灯の灯る路地に出て振り返ると、ドアから漏れる光が徐々に細くなっていくところだった。路地に、ドアの閉まる音が静かに響いた。橙子から渡された茶封筒には、青木さんのミニタオルが入っていた。

# 9

橙子が練習に遅刻しなくなった。

今朝も陸の孤島の音楽室に五分前に来て、アルトの最前列に立った。

「ちょっと感動すらおぼえるね」グランドピアノに手をついて、青木さんがぼそっと言う。

「こういうの、なんて言うんだっけ。ほら、ストックなんとか」

「ストックホルム症候群？」

「そうそれ。銀行強盗とかハイジャック犯に優しくされると、善悪の判断がおかしくなっちゃうってやつ」

「いくらなんでも、そこまでひどくないと思うけど」

「そう？　ぴったりじゃない」

赤い唇で笑いながら、青木さんが橙子の方に視線を送る。

「遅刻しないなんて当たり前のことなのに、これまでがこれまでだったから」

「それはまあ、言えてる」

「千葉さん最近ずっとイヤフォンしてるじゃない？　あれ、なんでだか涼ちゃん知ってる？」

「話しかけられたくないからじゃないの」

「私もそう思ってたのよ。でも違うの。『二人の擲弾兵』を聴いてるの」

「うそだ！」

「ほんと」

「ありえない」

「隣の席の志穂が言ってたんだから」

体育祭で橙子の代わりに体力を消耗した志穂さんは、橙子がソロをやることに懸念を示したうちのひとりでもある。

けれど近頃では橙子に励ましの声をかけたり、大げさなくらい褒めて盛り上げたりしていた。僕はそのことが不思議でならなかった。

「繰り返しそればっかり聴いてるんだって。しかもときどきドイツ語だって」

志穂さんはちゃんと見ていた。橙子が誰にも誇示《こじ》せず一歩ずつ進んでいるのを。だから、練習がスムーズにいくように協力してくれていたのだ。なんて器の大きい人なんだろう。

僕は注意深く教室を見回してみた。

橙子の後ろに立っているアルトの女子が、何か橙子に話しかけた。振り返った橙子の頬に人差し指がぶつかる。近くにいた女子たちの笑顔が弾け、橙子も怒るふりをしながら照れ笑いを返す。

志穂さんだけじゃなかった。クラスみんなの、橙子を見る目が変わってきている。橙子はすこしずつクラスに溶け込んでいた。

僕はその光景を感慨深い思いで、しばらくのあいだ見ていた。そうしてふと、思った。

もしかすると橙子は、僕なんかよりずっと誠実なんじゃないか。

誰かと適当な会話をしているとき、僕は時々、思ってもいないことを口にする。その方が面倒くさくないから。誤解されたり隠したり、誰にもわかってもらえないと絶望するくらいなら、嘘をついた方が楽だ。

でも橙子は違う。はなからその話題に参加しない。橙子は、自分を偽ってまで誰かに合わせたりなんかしない。

僕はすこし、橙子の性質を羨ましく思った。

あんなふうに正直に生きられたら、どんなにいいだろう。

空気の流れが変わって、ヤマオが来たのがわかった。いつも通り、時間ぴったり。

今日のヤマオは、かっちりめの服をキャップで上手に着くずしている。どうやったらあんな独特な着こなしが身につくんだろう。

　ヤマオはすたすた歩いてきたかと思うと、自分がかぶっていたキャップを青木さんの頭にのせた。

　クラスメイトが一斉に吹きだす。


「帽子?」青木さんがすっとんきょうな声をあげた。「合唱祭ってセーラー服と学ランで出るもんじゃないの?」

「生徒手帳に、合唱祭についての服装の規定は記されてない」

「念のため先生にも訊いてみたら」

「さっき訊いてきた。よほど奇抜でなければ問題ないらしい」

　おおー、と教室がどよめいた。

「クラスTシャツみたいなのを作るってこと?　あと二週間だけど間に合うかな」

「いや、帽子だけ」ヤマオは言った。「課題曲が終わったらかぶる」

「なんのために?」

「なりきるために」

「ああ、いいかもしれない」口から自然と言葉が出た。「自由曲の前に気持ちをぱっと切り替えられそう」

「帽子ひとつで？」

いぶかしげな青木さんに、ヤマオが言った。

「仕事でも、何かの役でも、服を替えるだけで入りこめるってことないか」

青木さんは、瞬きを二回して考え込んだ。

「まあ、それはあるかもね。それで帽子って、おそろいの？」

ヤマオは首を振った。

「みんなそれぞれ、自分がかぶりたいものをかぶればいい」

「あんたはキャップが似合うんじゃない」

橙子が野次《やじ》を飛ばした。教室にどっと笑いが起きる。

「なんでよ！」青木さんが言い返す。

「それは、笑っちゃわないかな」

「ひどい、涼ちゃんまで」

「いいじゃん」橙子がにやつく。「本番はすごく緊張すると思うから、そんくらいでさ」

「それぐらいって何よ。千葉さんでも緊張するの？　っていうか来るの？」

「さあね。あんたが白手袋して『んちゃ！』って言うなら来るかも」

「ねえ、ちょっと意見言っていい？」

笑いの渦の中で、志穂さんが挙手した。

どうぞ、と青木さんが掌を向ける。

「帽子かぶるのは四人だけでよくない？」

「え」

僕ら四人は顔を見合わせた。


「どんな帽子かぶるか、アイディアはあるの？」

休み時間、中庭で話を詰めることにした。青木さんは購買部で買ってきた桃生クリームサンドを食べている。橙子はコーラをのみ、僕は温かいミルクティーをのんだ。

「俺と涼のはまだ迷っている。でも千葉さんは」

そこまで言ってヤマオは橙子を見て、かすかに目を細めた。

「千葉さん髪切った？」

「切った。だから何」

「どこの美容院？」

「どこでもよくない？」

「知りたいんだよ。俺、そのシャギーすげえ好き」

橙子は虚をつかれたような表情になったあと、

「自分で切った」とぶっきらぼうに答えた。

「自分で？　すげえ」

橙子の唇がむずむずとゆがむ。どういう顔をしていいかわからないらしい。

ヤマオは橙子の周りをゆっくり行ったり来たりして、あらゆる角度から髪型を見た。

「それで千葉さんは、なんの帽子をかぶるのよ」

しびれを切らして青木さんが尋ねた。

「千葉さんは、チロリアンハットがいいと思う」

「グリーンとかブルーの羽根がついてるあれ？」

「ああ」

「ずるくない？　なんで私は小学生男子がかぶるようなキャップで、千葉さんは華麗なチロリアンハットなの？」

「いや、ただの俺のアイディアだから。涼はどう思う」

「えーっと、うーん……急に言われてもわからない。でも」

戸惑いながら顔を上げたら、ヤマオと目が合った。

尊重されている。

猛烈にそう思った。

ヤマオは誰の主張にも真剣に耳を傾ける。意見を大事にしてくれるから、僕らは安心して思ったことを口に出せる。

きっと橙子もヤマオに対して同じように感じている。だから練習にも参加するし、みんなに少しずつ心をひらきはじめたのだろう。いろんなことがよい方向に進んでいるような気がした。そしてそれはぜんぶ、ヤマオから始まっているように思えた。

僕は言った。

「確かに羽根のついた帽子は橙子の顔立ちに合うと思う。それに、ステージに映えるような気がする」

ヤマオの表情がふっとやわらかくなった。

「近いうちにどっか出かけないか、四人で」

「帽子探しに？」

「そう」

「私にキャップより似合うのがあったらそれでもいい？」

「あるといいですねえ」

橙子が青木さんの頭を撫でた。その手を青木さんが振り払い、笑いが起こる。

帽子を探しに、このメンバーで出かける。

その提案は、とてもわくわくするものだった。

青木さんの方でもそれは同じようで、なんだかんだ文句を言いながら手帳をひらいて予定を確認しはじめた。

「日曜ならあいてる」

「僕も。日曜は予定ないよ」

「ならついでに映画観たい」橙子が言い、

「おお、いいね。久々」ヤマオが同意した。


日曜の朝、目がさめるとコーヒーの香りが鼻をくすぐった。

軽くシャワーを浴びてから、リビングへ向かう。

母の背中が見えた。テーブルで、何か考え込むようにじっとしている。

「おはよう」

声をかけると、肩がびくっと跳ねた。それから振り返って、にっこりほほ笑んだ。

「おはよう。朝からご機嫌ね。何かいいことでもあったの?」

「なんで?」

「お風呂場から歌が聴こえてきたし、今も顔がゆるんでる」

指摘され、僕は頬に力を入れた。

「今日はみんなで映画に行くんだっけ」

「そう。もうすこししたら青木さんが来て、いっしょに橙子んちに迎えに行くことになってる。それよりどうしたの、お母さん。なんか怖い顔してるけど」

母は苦笑して、自分の手に視線を落とした。

中に、携帯電話があった。母はそれを、卵を温める親鳥みたいに両手でくるんでいる。

「橙子？」

尋ねたが、曖昧に笑って返された。

橙子はほぼ毎日のようにうちに入り浸っている。練習がないときもいる。母と二人で外出することもあった。メールのやりとりもよくしているようだ。

「ここへ来ると息継ぎができるんだ」と橙子は言った。

頻繁に顔を合わせておきながら、あれ以上何をメールすることがあるというのだろう。

母が、橙子の感情のはけ口になっているような気がした。僕に敵対心を持つのはいい。僕が気にしないようにすればいいだけだ。でも母を疲れさせるのはやめてほしい。

「お母さん、あんまり真剣に入りこみすぎない方がいいんじゃない？」

「どういう意味よ」

「だって」

そう言ったきり、言葉が続かなくなった。どう説明したらいいかわからない。

「しんどそうだし」

「やだ、疲れて見える？　やつれた？　おばさんぽい？」

「別にお母さんがいいならいいんだけどさ、あんまり無理はしないでよ」

「ありがとう。しんどいのは橙子ちゃんに対してではないのよ」

「じゃあ何に？」

答えない母と視線がぶつかる。

「お母さん、本当に疲れてない？　橙子の言うことは話半分に聞いていいと思うよ」

「なにそれ」

母は鼻で笑い飛ばした。

ゆっくりコーヒーをのみほしてから、母は口をひらいた。

「まだ涼がちいさかったときね、正直言って、育児がすごくしんどかったの」

「夜泣きとかで？」

「それもあったけど、赤ちゃんの時期を過ぎても、三歳くらいまではものすごくきつかった。いろんなことが自分の思うようにならなくて、涼に八つ当たりばかりしてた。あきれられるのを覚悟で告白するけど、もうお母さんはお母さんをやめる！　って言っちゃったこともある」

「ぜんぜんおぼえてない」

「そりゃそうよ」母は笑った。「涼は同年代の子にしてはかなり話が通じる方で、手がつけられないようなひどいことはしなかった。早くから自分で着替えができたし、トイレトレーニングもすんなりいった。欲しくて欲しくて授かった子だったし、お父さんもまだ生きてて優しかったし、はたから見たらたぶん、何の問題もない幸せな家族だった」

「うん」

「それでもきつい時期があったの」

はじめての子育てってそんなものじゃない？　そう言おうと思ってやめた。僕にそんなことを言えるはずがない。

「どうしてだろうね」

すこし考えて、母は答えた。

「だって、育児は比べられないから」

「他の子と？」

「他の母親と」

青木さんといっしょに橙子の家へ行くと、出てきたのは芳子さんだった。

「ごめんね、橙子まだ用意が済んでないの」

その言葉通り、二階からドライヤーをかける音が聞こえてくる。

「大丈夫です。映画がはじまる時間には余裕がありますから」

青木さんは礼儀正しく微笑した。

もしここに芳子さんがいなかったら、青木さんは橙子に「あんたが迎えに来てって言う時間に来たんでしょうが。なんでさっさと準備しとかないのよ。寝坊でもしたんじゃないの?」くらいの文句はぶつけるだろう。

けれど、青いワンピースに白いカーディガンを羽織った今日の彼女は、そんなことは言わない。

「ヤマオさんは?」

「ヤマオとは現地で待ち合わせてます」

「現地って、映画館?」

「ええ、そうです」

世間話を始めた二人のとなりで、僕は何気なく玄関に出ている靴たちに視線を落とす。大叔父の革靴はない。

「青木さん」芳子さんが改まった口調で言った。

「はい」

「ちょっとお話ししておきたいことがあるの」

「なんですか」

「あの子は私の実子じゃないの」

僕は芳子さんを仰ぎ見た。喉仏の奥で、ぐえ、と変な音が鳴った。

「じっし」と青木さんはつぶやく。

耳慣れない単語が脳内でうまく漢字にならなかったらしい。

「私が産んだ子じゃないの。施設から引き取って育ててるのよ」

青木さんが瞬きを二回した。

どうやら芳子さんと橙子のあいだで話し合いがついたらしい。信頼できそうな青木さんには話しておこうと。かといって橙子は自分では自分のことをうまく説明できない。だからこうして芳子さんが話しているのだろう。

確かに、青木さんに伝えるのはいいことだと思った。僕が「知っておいてよかった」と思ったように。

階段に目をやった。橙子が降りてくる気配はない。

「青木さんは、愛着障害って知ってる？」

「いいえ、聞いたこともないです。すみません、不勉強で」

「いいの。知らないで済むなら、その方が幸せなのよ」芳子さんはかなしそうに笑った。「あの子は、実の親から当たり前のことをしてもらえなかった子なの。抱きしめられたり、撫でてもらったり、ゆるされたり。いちばん大事な乳児期に、身近な人間と愛着関係をいっさい結べなかったの。その上ずいぶんちいさいときにひどい虐待を受けたから、人を信用するってことができないのよ。信用できない子はどうするかっていうと、とにかく試すの。何をしてもこの人は自分をみすてないって知りたいがために、何度も何度も人を試すような行動をとるの」

似たようなことを母も言っていたな、と思いながら僕は黙って耳を傾けた。

「うちに来た当初もね、わざと飲み物をこぼしたり、スーパーで同じお菓子を何十個もカゴに入れて買ってくれって泣きわめいたり、私の髪の毛をむしったり汚い言葉を使ったり、ときにはわざとおしっこをもらしたりもしたの。それだけじゃない、大きい方も自分の意思でもらすことができたの。汚い話でごめんなさいね、でもほんとうのことなの。それはそれはもう、毎日が戦いだった。たぶん私、全部は憶えてない。きつくて、記憶が飛んじゃってる」

「おばさま、大変すぎます」青木さんは、ふるえる声で言った。

「わかってくれる？　なのに私はいつも憎まれ役でね」芳子さんは冗談めかして笑った。「あの子の自立に向けて気力体力、そしてお金も時間も使う。橙子が学校やご近所さんに迷惑をかけたら頭を下げにいく。ね？　涼ちゃん」

僕は深くうなずいてから、六歳のころスーパーマーケットで目撃したことを青木さんに手短に説明した。青木さんは口をあんぐりと開けて「ひどい。でも想像がつく」と言った。

「確かに青木さんの言う通り大変なんだけどね」芳子さんは言った。「こうしてふつうの家庭で過ごせたら、社会に出たり子どもを産んで育児に悩んだりしたとき、ここへ戻って来られるでしょう。戻る場所がある。それってやっぱり施設だけで育つのとは違うと思うのよ。って、ええと、あれ、何が言いたかったんだっけ」

芳子さんは場の雰囲気をほぐすように笑って、続けた。

「そうそう思い出した。だから、さっき言ったみたいな試し行動ね、私に対してはもうほとんどないんだけど、それでも知り合ったばかりの人には今でも似たようなことをするのよ。思い当たること、あるでしょう？」

「あります」青木さんは即答してすぐうつむいた。「すみません」

「いいのよ、そんなこと百も承知だから。こちらこそごめんね、青木さん」

「そんなこと」消え入りそうな声で青木さんは言った。

「一番の問題は嘘をつくことなの。里子はどうしても、嘘をついてしまうの。だから青木さん」

「はい」

「あの子のことを大目に見てやってほしいの。あの子に悪気はないの。ただ、実の親に問題があったせいで人の愛情を信じられなくなってしまっただけなの。あの子の言うことが変だな、なんかつじつまが合わないな、と思ったら決して真に受けないで。そういうときはだいたい嘘だから。気にしないで流したらいいの。丸ごと信じちゃったら青木さんがあとで傷つくことになる。身が持たなくなる。でもお願い、勝手なことを言うようだけど青木さん、あの子のことを悪く思わないでね。きらいにならないでね。こんなお願いされる筋合いないと思うかもしれないけど」

「思いません」青木さんは人差し指で涙をぬぐいながら言った。「何か、私にできることがあったらおっしゃってください」

芳子さんがゆっくり両腕を伸ばし、青木さんを、そっと抱き寄せた。

「そうやって言ってもらえるだけで、どれほどありがたいか。涼ちゃんにも何かと面倒かけっぱなしで、ごめんね」

青木さんの肩越しに芳子さんが言った。僕は首を振った。

「青木さんは『カラマーゾフの兄弟』って本、読んだことある?」

身体を離して、芳子さんが青木さんの顔を見た。

「ええ、なんとか。途中何度もくじけそうになりましたけど」

「『誰かに大切にされた経験は、どんなつらいことでも生き抜く力になる』って文があったの、覚えてる? 私、ことあるごとにその言葉を思い出すのよ」

芳子さんはさみしそうに笑った。

「あの、おばさま。質問してもいいですか」

青木さんが尋ねると、芳子さんはニッと笑顔を見せた。

「いいわよ、なんでも訊いて」

「千葉さんの」

そこで青木さんは、言葉を選ぶように躊躇した。僕は青木さんが何を言おうとしているのか想像がついた。どうか当たりませんように。願ったけれど青木さんはその通りの言葉を口から出した。

「千葉さんを産んだ女性は、どんな方なんですか?」

その瞬間、すべての音が消えた。

それまで饒舌だった芳子さんが、シャッターをおろすように睫毛を下げ、唇を閉ざした。顔から色が失せ、全身の力が抜け、肉体の輪郭がぼやけた。

「す、すみません」青木さんは動転して早口に言った。きれいな髪を振って、何度も頭を下げながら。「ほんとうにごめんなさい。こんなこと訊くなんてばかですよね。浅はかでした。すみません、わすれてください。部外者が余計なことを」

「ううん、いいの。いいのよ、そこは気になるところよね。里親には守秘義務があるからぜんぶは話せないし、ここで話したことも誰にも言わないでほしいけど」

「もちろんです。あの、話してくださらなくても大丈夫です」

「いいのよ。どんな人か……、そうね」芳子さんは遠くを見てふっと笑った。「よくテレビでニュースになってるような、どうしようもない親よ。年齢は言えないけど、たぶん青木さんや涼ちゃんが知ったら、腰ぬかすくらい若い子。ゴミの出し方も洗濯機の使い方もろくに知らなくて、誰かわからない男の子どもを妊娠して、産んで、ひどい虐待をして、近所に通報された。そんな人」

青木さんがごくりと唾をのみこむ音が大きく響いた。

「産んだ子どもは、私の知る限り五人いるの。一人だけ手元で育てていて、あとは、橙子を含め全員施設に入れた」

「その一人は、どうして入れなかったんですか？」

「そこまでは知らない。今いっしょにいる男の人との関係とか、いろいろあるんじゃないの。施設には、経済的な理由で育てられないとか言ってるみたい。でもなぜか、ブランドもののバッグを持ってるのよね」

「しんじられない！　私なら死ぬ気で働きます。バッグも売ります。そもそも買いません」

「そうよね？　ふつうは、そうよね？　どんなに若くして母親になったって、たとえ自分は一日一食でも、子どもにはちゃんと食べさせたいって思うわよね。自分のバッグなんか買わないで。子どもには何の責任もないのに」

「子どもをすてるなんて、理解できません。ほんとに。どうして……」

「でしょう。母親っていったら、まず赤ん坊がいちばん信頼したい人間じゃない。橙子は、ほかでもないその母親からひどい暴力をふるわれた挙句、すてられたの。だから大人を信用できなくて、嘘ばかりつくのよ」

「そんな千葉さんを、育ててらっしゃるおばさまはすばらしいです。将来、きっと千葉さんはおばさまに感謝しますすね」

「それはどうかわからない」

僕もそう思った。橙子のことだから、あのままぶっきらぼうな大人になりそうな気がする。そしてそんな橙子も、芳子さんは受け入れる。

「すくなくとも今のところは、ありがたみなんてまったく感じてないわよ」

「そんなことないと思います。きっと心の中では感謝していますす」

「だといいんだけど。そりゃね、橙子だって私にありがとうって言うことがある。母の日とかにね。でも気持ちが入ってないの。言葉が軽いのよ。青木さんみたいな子が言うありがとうに比べると、愛着形成がない子のありがとうは、どこか空っぽなのよ」

ドライヤーの音がやんだ。僕らは一斉に唇を閉じた。

とんとんとんと軽快な音を立てて橙子が降りてくる。細身のジーンズにメンズライクなジャンパー。すぐこちらへ来るかと思いきや、さっと顔をこわばらせ、トイレに入った。

「青木さんは、高校を卒業したらどうするの」

「はい。大学に進んで、将来的には獣医師になれたらと思っています」

「そう。獣医師さん」芳子さんは慈《いつく》しむように目を細めた。「きっと青木さんなら、なんでもできると思う。どこにいってもうまくやれるわよ」

水の流れる音がして、橙子が出てきた。

待ち合わせにヤマオは便利だということを、今日知った。

身体が大きくて頭は金色。というだけでなく、存在自体が発光しているからだ。映画館の入り口で、ヤマオは誰よりも目立っていた。

観ようと話していた映画の時間まで、あと十五分あった。ちょうどいい。朝一番ということもあって、映画館に人はまばらだった。

チケット売り場に並ぼうとしたら、橙子が意外なことを言い出した。

「あたしがチケット買ってくる。おかあさんがお金くれたから」

「え、いいよ。私ももらってきたし」

「いいってば。ここで待っってて」

橙子は窓口へ駆けていく。

僕たち三人はその背中をじっと見つめていた。

「私、千葉さんのこと誤解してたかもしれない」青木さんが言った。「自分の視野の狭さが恥ずかしくなった」

ヤマオがゆっくりと、青木さんを見おろした。

「なにか、あったのか」

青木さんは、ヤマオを仰ぎ見るようにして言った。

「千葉さんの個人的なことだから、私の口からは言えないんだけど」

ヤマオは黙ってうなずいて、前を向いた。

「今の『お母さん』って言葉一つ取ってもさ、これまでとは全然違って聞こえるよ」

僕は何と言ったらいいかわからなかったので、黙っていた。

飲み物を買ってくる、とヤマオが売り場の方へ歩いていく。僕たちはその背中を目で追った。

橙子が買ってきたのは、暗い色のチケットだった。印字されているタイトルを見て驚いた。話が違う。

「これ知ってる」

青木さんが大げさに首をすくめた。

「すっごく怖いやつでしょ？　実際にあった実験を元にした映画だって、こないだ雑誌で見たよ」

「これでもいいよね？」橙子は断りなしに変更した理由も説明せず、僕たちに同意を求めた。

いいも悪いも、もう購入してしまっている。

「俺は構わない」とヤマオが言った。

「僕も、まあいいよ」

「私怖いの苦手なんだけど」最後に青木さんがぎこちなく笑った。「端っこの席にしないでくれるなら」

橙子は満足げにうなずくと、さっさと劇場内へ進んでいき、いちばん真ん中の席を陣取った。鞄から携帯電話を取りだし、アラームを解除してサイレントモードにする。いつも僕の家にいるときは電源自体を切っているのに、今日はそうしなかった。

橙子のとなりに青木さん、僕、ヤマオという順に座った。甘い汗のような、香水のような、いい匂いがした。

コマーシャルが終わり、画面が暗転する。

「人権や自由はないものとお思いください」

放たれた言葉を、囚人役の男はまともに聞いていない。どうせただの実験。そう楽観しているようだ。大きな瞳がきょろきょろ動いて、建物内や、そこに集まった人々の顔を興味深そうに観察している。

どこの国の言葉だろう。やけに空気が破裂する。

新聞広告によって集められた被験者たち。彼らは看守役と囚人役に分けられ、大学の地下にある模擬刑務所に収容される。二週間、ルールに従って役を演じること、それが彼らに与えられた仕事だ。

恐怖心をかきたてるように、ピアノの超低音が鳴る。同じ鍵盤が二度、強く叩かれる。そのＢＧＭが挟まれるたび、心臓を直接弾かれているような気がした。

模擬刑務所に窓はない。あるのはネオン管の間接照明だけ。息が詰まるほど薄暗い。

日曜の朝にクラスメイトと観る映画としては重すぎやしないだろうか。なぜ橙子はこれをチョイスしたのだろう。

さりげなく橙子を見た。長い睫毛は、まっすぐスクリーンに向いている。

ツヴァイ、と聞こえた。

ドイツ語だ。冬香先生のきれいな発音が頭をよぎった。

最初のうち、被験者たちはそれぞれの役を面白がってやる。高らかに歌い、口笛を吹く。カメラに向かって手を振り、笑いも拍手も起こる。冗談を言う余裕もある。しかし徐々に、看守役が囚人役に罰を与えはじめる。はじめはどこまでやっていいのか試すように、ふざけながら。

そしてすこしずつ、彼らは役そのものになりきっていく。

言葉や身体の暴力は、またたく間に習慣として身についてしまう。ものの数時間で。

青木さんが「ひゃっ」とか「うそっ」などと口走っては肩をびくっと震わせる。ヤマオは微動だにしない。

僕の耳が、ウーンド、という単語を拾った。たしか、痛みとか傷という意味だ。『二人の擲弾兵』の歌詞に出てきた。

囚人が少々ケガをしようが、もはや看守たちは気にも留めなくなっている。罰がエスカレートしてゆくとともに看守たちは罪悪感をうしない、服従させることに優越感すら抱くようになる。

どうしてこんなことになってしまうんだろう。バイト代をもらって役割を演じるだけの、ただのごっこ遊びなのに。単なる実験のはずなのに。

看守たちは日に日に、囚人の弱みや不安定な感情を操ることに長けていく。理性の歯止めなど利かない。囚人たちが一致団結して立ち向かおうとすると、看守は彼らの心の中に不安の種を蒔いて、分裂を図った。

残虐さを増す罰に耐え兼ね、囚人たちは次第に反抗する気力をなくしていく。幾人かが精神のバランスを崩し、恐怖と絶望のどん底に落ちていった。

黒い頑丈そうな箱が用意されたところで、青木さんが「やめて」と顔を両手で覆った。

一目見るだけで胸が塞ぐ、黒い立方体。金庫のような箱だ。きっとあれに囚人役の誰かが閉じ込められるのだろう。予想は当たってしまう。大きな瞳の男が箱の中に押し込まれるシーンで、前方にいた観客が席を立った。

終盤は血をたくさん見ることになった。青木さんはもはや完全に目を閉じている。

看守と囚人は命をかけ全身全霊で戦う。武器を手に、全力で廊下を駆け抜ける。自分の身を、そして自分にとって大切なものを守るために。ついに死者が出て、模擬刑務所は完全に制御不能となった。

目をつぶるだけでは足りず、青木さんは耳を塞いだ。

橙子はただひたすら、まっすぐスクリーンを見つめていた。瞬きする間も惜しむように。

「腹へったな」

「うそヤマオ、どういう図太い神経してんの」

「僕もお腹すいた」

「涼ちゃんも？　しんじられない」

「なんか食いに行こうぜ」

「いいけど私、肉はいやだよ」

「あたしラーメンがいい」

橙子の意見が採用され、僕たちはヤマオが以前行ってうまかったというラーメン店へ向かうことになった。

正午を過ぎ、駅前の歩道には人が増えている。青木さんとヤマオが前を歩き、そのうしろから僕と橙子がついていった。

　ドーナツショップ、銀行のＡＴＭ、古本屋。通りにあるいろんな店からいろんな音楽が大音量で聴こえてくる。

「青木さん、すごく怖がってたね」

　僕が言うと、橙子は思い出すようにぷっと吹きだした。

「いちいち反応すんだもん。この人ってすごく健やかなんだなあって感心しちゃったよ」

「橙子はどうだった」

「そりゃあ、よかったねって思ったよ」

「えっ、よかった？」

　まるで別の映画を観ていたような感想だ。

「なにがよかったと思ったの？」

　そんなこともわからないのかという顔で橙子は僕を見た。

　いつもの憎らしい橙子そのもの。でもその表情が、今日は嫌じゃなかった。

　橙子は、他人に気に入られようとしない。どう見られようが構わない。いつも自分のままでいる。

　橙子には色眼鏡というものがないのだ。

たとえばもしも、青木さんやヤマオが、誰にも言えない悩みを抱えていたとする。それが世間には知られたくないような隠し事だとして。

それを知っても、橙子は彼らに対する態度を変えないだろう。驚きもしないし、否定もしない。誰かに言いふらすということも考えにくい。

「それで?」とあの小憎らしい目で訊くくらいだろう。「だからなんだっていうの?」

誰に対してもそんな風に接することのできる人が、いったいどれくらい存在するだろう。

僕が頭の中で繰り広げている思考など知る由もなく、橙子は言った。

「これが単なる実験で。しかもたった七日で終わって」

「まあ、そういう見方もできないことはないかもしれないけど」

「だってさ、涼ちゃん、考えてみてよ。強い権力を与えられた人間と、力を持たない人間。そのふたつが狭い空間で常にいっしょにいるって異常だよね」

「うーん、そう……なのかな。うん、そうかもしれない」

「そうなんだってば」苛々と橙子は続けた。「看守は決められた条件の中で、やること、やれることがわかっているから、ある程度の心の余裕をもって動けるじゃん? 次になにするか選ぶ権利だってあるでしょ。でも囚人はそこに閉じ込められて、明日もわからない不安を抱えていなきゃいけない。それってものすごく変だよ。でも変なんて誰も言わないの。それがまた変！」

前を歩くヤマオと青木さんが、振り返った。

僕らがついてきているのを確認して、彼らはまた前を向いて歩き出す。

「施設でもさ、あたしたちは選べないんだよ。子どもの権利ノートって、涼ちゃん知ってる？」

「知らない」

「まあなんていうか、あたしたちみたいな子に関する冊子があってね。その子どもの権利ノートには『施設の職員が子どものプライバシーを侵害してはいけない』ってはっきり書いてあるの。でも実際は、施設にプライバシーなんてゼロなんだよね」

「そんなの、どんな家でも多かれ少なかれ」

「最後まで話をきいてよ。たぶんね、涼ちゃんが想像するようなのとは、ぜんぜん、違う。涼ちゃんはさ、自分の鞄や引き出しや箪笥を勝手にあけられて、ノートやメモ帳に書いた言葉も一文字残らず読まれて、携帯のメールとかネットの閲覧履歴とか、ぜんぶ知られて平気？」

「平気じゃないよ。でも、チェックするのはさ、子どもたちを心配してのことなんじゃないの？　お金の管理は大丈夫かとか、悪い大人に騙されないようにとか」

僕は当たりさわりのないことを言った。それまでと同じように。

ふ、と橙子は鼻で笑った。

「涼ちゃんって、正しくあろうとするよね」

そんなことない、反論しようとしたが声にならなかった。

「なんで？　なんでそこまで、枠からはみ出ないように必死で取り繕おうとするの？」

「なにそれ」笑った息が不自然に揺れてしまう。「まあ別に僕は何と言われてもいいけどさ、善意の人を傷つけるようなことを言うのは、なるべくやめた方がいいと思うよ。こんなこと言ったら気を悪くするかもしれないけど、橙子だって救われた面もあるでしょ？」

橙子が僕の目を見た。冷ややかで、強い瞳だった。

「救うっていうのは、救われたい人がいてはじめて成立する行為じゃないの？」

僕は何も言い返せない。頭が混乱する。橙子はまさにその「救われたい人」だったんじゃないのか。

「誰も彼も、見たいものだけ見て、信じたいものだけ信じるよね。この世界にあるのは、そんなきれいなものばっかりじゃないのに。口当たりのいいことだけ言っていったい何の意味があんの？　そんなの嘘じゃん」

「優しい嘘だって、ときには必要だと思うよ」

「優しい嘘って言葉、あたし大っ嫌い。そんなのいらない。ひとっつもいらない」

「あのね、僕が言いたかったのは」

「うるさい。もう涼ちゃんと話すのやだ」

「橙子、僕は思うんだよ。誰も傷つけない言葉なんてないかもしれない。けど、それでもやっぱり、お世話になった人を傷つけないように努力することは、大切なんじゃないかな」

「じゃあ、その誰かを傷つけないようにすることで、別の誰かが傷つくことについてはどう思うの？」

射るような視線で見つめられた。

「誰かを傷つけないために言わないことで、別の誰かが傷ついたら？　ただ黙っとくのがほんとうに、いいことだと涼ちゃんは思うの？　あたしは、恐れずに言ったらいいと思うようになったよ。結局誰も傷つけない言葉なんてないんだとしたら」

それはエゴではないか。そう思ったが、口にはしなかった。そんな権利、僕にはない気がしたから。

橙子の言うことは話半分に聞けばいいのだ。深く考えず、流せばいい。真に受けていたら傷つくのは自分だから。

会話に対する意識がゆるんだのが伝わったのか、橙子はそれ以上深く気持ちを吐きだすことをやめた。ただぼそっと、つぶやいた。

「正論ってつまんないよね」

そう言った橙子の目はぞっとするほどつめたかった。

「あたしはもっと汚いものが好き」


ヤマオおすすめのとんこつラーメンは、たしかに絶品だった。濃く白濁して、すりおろしたにんにくが舌の上でビリビリするほど強かった。初デートではまず来ない店だろう。食べ始めたら青木さんも勢いがついたらしい。丸メガネをはずして、おいしいおいしいとすすっていった。僕以外の三人は替え玉をした。

「そんなんで足りるの?」眉をひそめ、青木さんが僕の腰をつかんだ。「ほっそいよね、涼ちゃん。ヤマオを見なよ、なんと替え玉三回だよ!」

「満腹ってあんまり好きじゃないんだ。頭がぼーっとするから」

「見習おう」

そう言いながらも青木さんは、チャーシューの脂身まで食べた。そんな彼女の横顔を眺めていた橙子が、自分の煮卵を青木さんの丼に移した。

「もっと食べて大きくなりな」

「えっ、やさしくて不気味なんですけど」

「半熟卵苦手なんだよ」

「なるほど」

青木さんは納得し、残さず平らげた。

「卵もらったから言うわけじゃないけどさ、千葉さんてお箸の持ち方きれいだよね」

「そんなことはじめて言われた」

「前から思ってたよ。お箸だけじゃなくて食べ方が全体的にきちんとしてる。ね？」

「ああ。静かだし、姿勢もきれいだ」

ヤマオに言われ、橙子は閉じた唇をむずむず左右に動かした。


メガネをはずした青木さんはちょっと幼かった。ということを彼女が再びメガネを装着したあとに思った。

帽子屋に向かって歩き出しながらそう話すとヤマオは、そういうことってあるよな、と同意してくれた。ヤマオの同意にはいつも気持ちがこもっている。

「気分がよくなってから、さっきまではちょっと沈んでいたとか、苛々してしまっていたとか、気づくんだよな」

「ヤマオが沈んでいるところを見た記憶がないんだけど」

「そうか?」

「苛々なんてもっとない。ヤマオは大人で、負の感情を垂れ流さない感じがする」

「学校では気を張ってるのかもしれないな」

気をゆるせる誰かの前ではヤマオも、感情を出してしまうのだろうか。それはやっぱり家族なんだろうか。それとも、ほかの誰か。

「ヤマオも苛立ちを親にぶつけたりするの? というか、反抗期はあったの?」

「反抗か……。おふくろをそういう対象として見たことがないからな」

じゃあどういうときに気持ちが沈むの。

そう尋ねようとしたとき、とつぜん視界からヤマオが消えた。

ヤマオは僕の足元にしゃがんでいた。

露店に並ぶ帽子やベルト、財布を眺めている。僕のふくらはぎの横に、ヤマオの顔がある。

ヤマオの広い背中が、瞬時に自分の世界へ潜っていったのがわかった。帽子をじっと見つめたかと思うと、ひとつつかんで立ち上がった。

「千葉さん、青木さん」

前を歩いていた二人が同時に振り返った。よく響くバリトンに反応したのか、近くにいた通行人も数名こちらを向いた。

「これ、かぶってみてくれないか」

ヤマオが掲げた帽子を見て、青木さんと橙子が顔を見合わせる。


「涼ちゃん、来週の火曜日、朝早く学校に来られる？」

橙子がお手洗いへ行ったタイミングで、青木さんが訊いてきた。

「いいけどなんで？」

「千葉さんを驚かせようと思って。二十二日、彼女の誕生日なんだよ」

「誕生日なんてよく知ってたね」

「はじめて千葉さんちに行ったとき、まだ十六だって言ってたじゃない？　それ思い出して、ヤマオに小学校のアルバムを見てもらったの」

見上げたらヤマオがうなずいた。

「驚かせるって、何するの」

「涼ちゃんにはキーボードを弾いてほしいの。ハッピーバースデー、ヤマオが歌ってくれることになってるから」

「わかった。それはいい案だと思う」

「プレゼントはおのおの買って、ヤマオに預けておくのね」

橙子が戻ってきたので、その話はそこでおしまいになった。

別れ際、橙子はまた僕に念押しした。

「さっきした話ぜんぶ、うちの親には絶対言わないでね」

「言わないよ」

「今日観た映画はアニメだから」

「うん、わかってる」

「こないだ危うくばれそうになって焦ったんだよ」

「どれが?」

もはやどのことだか見当もつかない。

言わないで。

その言葉を僕はこのひと月でいったい何度耳にしただろう。

橙子といっしょにいる時間が増えるにつれ「絶対言わないで」は積もっていった。

橙子は大叔父たちに、ほとんど何も知られたくないようだった。

「あとこれ、涼ちゃん明日学校に持ってきてくれない?」

橙子は、さっき買ったばかりのチロリアンハットを僕の胸に押しつけてきた。僕はもう、なんでとは訊かなかった。橙子には橙子の考えがある。

「じゃあまた明日」

駅前ロータリーで僕らは手を振り合った。

ヤマオはこれからバイトだと言ってコインパーキングの方へまっすぐ歩いていった。

青木さんはバスのステップをとんとんと軽快に上がった。

橙子は地下鉄に乗るため、バス停横にあるコンクリートの階段を降りていった。地下へと続く空間は、橙子が一段降りるごとに暗闇が濃くなっていった。

彼らと別れてから僕は、映画館のそばにあった古本屋に戻って三十分ほど店内をうろつき、それからまた駅前の大型書店へ行った。そうやって書店を数軒回ってから、家へ帰った。

郵便受けを開けると、見慣れない漢字が目に飛び込んできた。

母の名前の下に、千葉橙子様と書いてある。

「これ何？」

封筒をダイニングテーブルに載せると、母の横顔がかすかにこわばった。

あ、と思う。訊いてはいけないことだった。母の気まずい顔は見たくない。

「お風呂入ってくるね」

僕は母に背を向けて洗面所に行った。ゆっくりお湯に浸かり、髪をていねいに洗った。あれはたぶん、何かのチケットだ。でも、これ以上詮索するのはよそう。知らないでいるより知ってしまった方がもやもやするものであるような予感がした。今日の幸福な場面だけを思い出しながら、僕はシャンプーを洗い流した。悦びを、何度も反復した。

世界一愉しい夜だと思った。

髪を乾かしてから母と夕食をとり、さっき観た映画の話をした。「興味はあるけど、ものすごく怖そうだから、ＤＶＤになったら明るい部屋で観よう」と母は言った。封筒の話題にはふれなかった。食事のあとは二人でバラエティ番組を見ながら紅茶をのんだ。

とても平和な気持ちだった。

# 10

○月×日

いいお母さんのふりなんて簡単だ。

保護者会後流れたファミレスで、母親たちのくだらないお喋りを聞きながらつくづくそう思った。

娘には叱られてばかりだとか、いっしょにカフェや雑貨屋めぐりをするのは楽しいが必ず何か買わされてしまうとか、恰好いいと思う芸能人のタイプが似ているとか似ていないとか、そんな会話をする意味がいったいどこにある?

ぜんぶ嘘かもしれないのに。

部外者に、真実はわからない。

母と娘のいるその場所が、実際はどんな状態なのか。ほんとうはどんな会話を交わしているのか。

母親たちが最高に盛り上がったのは、娘が初潮を迎えた日について話しているときだった。彼女たちは滑稽なほど熱く語っていた。サラリーマンも男子学生もいる店内で、大声で。恥知らず。

「ママ以外誰にも聞かれたくない」

そう前置きして、Aちゃんは母親を脱衣所に引っ張っていったのだという。ふたりきりになるとAちゃんは生理らしきものが来たことを告げ、おもむろに自分の穿いているジーパンのポケットに手を突っ込んだ。

Aちゃんが取り出したのは、パンツだった。ほんとうにこれがそうかわからないからママに見てほしい。そう言って神妙な面持ちで、差し出してきた。

「ママ以外誰にも聞かれたくない」

その言葉は太い杭となり、私の胸に突き刺さった。骨までえぐるように、深く、深く突き刺さった。

Aちゃんは母親に、スカートを汚してしまったことを謝った。大丈夫、と母親は言った。心配しなくていい、大人の女性でもあることだから。

嘘つき。

口では何とでも言える。いいお母さんのふりなんて簡単だ。

Aちゃんの母親のとなりで、また別の母親がいいお母さんのふりをする。

その家の娘は母親に、お父さんに話すのは来週以降にしてほしいと頼んだらしい。

約束の期日を守り、彼女は夫に伝えた。夫は声を詰まらせ涙ぐみ、その夜パールのネックレスを買って帰ってきたのだという。小遣いから必死にへそくりして貯めた煙草代を全額使い切って。

母親たちの笑い声が耳元で蘇る。誇らしげで、耳障りな、甲高い笑い声。

何がおかしいのか、私だけがわからない。


私があの子の初潮を知ったのは、他人経由だった。

『娘さんが四か月ほど前に初潮を迎えられたようです』

養護教諭からの手紙に、そう書いてあった。

四か月。

四か月もの間、私は娘に生理が来たことを知らなかった。

今月こそちゃんと話すつもりだったとあの子は弁解した。

最初の二回は大した量じゃなかったから、保健の授業で習ったあれとは違うのだと思っていた。

三回目は、たまたまトイレにいた同じクラスのAちゃんに生理用ナプキンを分けてもらった。

四回目、Aちゃんに相談したら保健室でもらえるよと教えてくれた。Aちゃんに付き添ってもらい保健室へ行くと、先生は下着もくれた。そしてなぜだかその流れでお母さんに手紙まで書いてくれた。手紙を渡すより先に自分の口から話すべきだった、ごめんなさい。

理由になっていない。話にならない。

その日がきたら、あの子の好きなハンバーグを焼こうと決めていた。そしてお祝いに何か買ってやろう。よろこんでくれるだろうか。久しぶりに、笑顔を見せてくれるだろうか。

夢見ていた。記念すべき一日があの子のいい思い出になるように、願っていた。

でもぜんぶ、消えた。

笑顔でおめでとうと言いながら渡そうとしまっておいたポーチ一式を、思い切り投げつけた。金具の部分があの子の唇に当たって、うすく血がにじんだ。


人に知られて困ることなど何一つない家庭。

そんな平和な場所でぬくぬくと暮らしている母親に、私の苦悩は永遠に理解できないだろう。

家族が寝静まってから娘とふたりでコンビニへ行った話を披露する母親もいた。赤飯だけはやめてと懇願されたから、ショートケーキとポテトチップスを買ってきてこっそり食べた。何度も娘の頭を撫でた。何度も抱きしめた。ずっと笑っていたけれど、本音では泣きたいくらいうれしかった。いつの間にこんなに大きくなったんだろう。ついこないだまで赤ちゃんだったのに。そう語る母親の、膨らんだ小鼻。

わかる～、と目を細めてうなずく母親たちの、あの自慢げな表情。

絶叫したいのを、私は必死でこらえていた。

笑い合う母と娘がありありと目に浮かんで、胸が張り裂けそうだった。

私にそんな日はこなかった。

こなかったんだ。

悲しみを追い抜いて、恐怖がせり上がってきた。

女子トイレや保健室での出来事を、Aちゃんは母親に話しただろうか。

その考えがちらりと頭をよぎった瞬間、Aちゃんの母親が私の方を向いて笑った。

ふふっと鼻で、見下すように。

かわいそうね。人生の一大事すら話してもらえないなんて。

あなたは、娘にとって心をひらきづらい母親なのよ。

氷の溶ける音がした。

自分も崩れて、肉体のまとまりがなくなり、溶けていくような気がした。

あれから何日も過ぎた今でも、母親たちの放った言葉が頭の中で鳴り響いてうるさい。

女優の〇〇って生理が来たことを自分の母親に長い間言えなかったらしいよ。

言えないって、恥ずかしいとか戸惑いとかあるにせよ、結局は母親に対してよっぽどわだかまりがあるってことじゃない？

私なら、自分がそんな母親であることに気づいてなくてごめんねって、まず思う。

でもそういう母親って気づかないんだよね。自分が支配的で息苦しい存在だってことに。

会話すべてが私を非難するために交わされていた。

皆が私を罵っていた。

おまえは母親失格だ。

あんたじゃない誰かが母親だったほうがよかった。あの子も間違いなくそう思っている。

私は、負けている。劣っている。

いつまで経っても母親という役割になじめない。

あのファミレスにいた母親たちは全員、ちゃんとした母親だと認められているのに。

嫁姑問題、家のローン、ママ友の誰々さんの件、母親たちは次から次へとお悩みトピックを繰り広げた。薄っぺらい共感とアドバイス。はっきりいって聞く気にならなかった。記憶にも残っていない。あまりに些細なことで。

彼女たちは幸せだと思う。

彼女たちは何も悩むことなんかないと思う。

だって、娘から信頼されている。無条件に愛されている。何も疑われていないし、疑ってもいない。

比べてはいけないというのは、理屈ではわかっている。でもどうしたって比較してしまう。

どうして私だけが、ダメな母親とバカにされなければいけないのだろう。

こんなに毎日、必死で、がんばっているのに。

# 11

ピアノを弾いていると、僕の携帯電話が鳴った。青木さんだった。

「涼ちゃん」

出てびっくりした。青木さんの声がいつもとまったく違う。ひどく動揺し、震えていた。

とっさに思ったのは、橙子と口論になったのかもしれないということだ。

僕らの周りでトラブルが起こるとしたら震源は橙子以外考えにくかった。明日は橙子にサプライズをすることになっていたから、喧嘩してしまったけれどどうしようかという相談かと思った。

青木さんは泣いていた。後ろで自動車の通り過ぎる音がする。

「青木さん？　何があったの」

一度洟をすすってから青木さんは、涼ちゃんごめんなさい、と言った。

「私、とんでもないことをしてしまった」

「どういうこと」

「さっきみゆとスーパーで買い物してたら、千葉さんとおばさまに会ったの。おばさま、あら～って言いながら笑顔で私たちのところに来て下さって。そのときに」

「そのときに？」

聞きかえしながら、とてつもなく嫌な予感が足元からせり上がってきた。

「みゆが、飛びつくみたいにして千葉さんの手をにぎったの。そしたらおばさまが、『橙子を知ってるの？』って驚いて。みゆ、言っちゃったの。『うん知ってるよ。いつもいっしょにお歌の練習してるから』って。そこから『練習ってなんの？』って話になって、そ、それで」

最後の方はもう声になっていなかった。

「橙子はどうしてた」

「千葉さんは……ごめん、よくわからない。それよりも、おばさまの顔色がさーっと白くなったのが見ててつらくて。そりゃそうよね、自分だけ知らないなんて悲しすぎるもの。何か気の利いた理由でもとっさに言えたらよかったんだけど、私、だめで。ごめんね、涼ちゃん。私、おばさまを傷つけてしまった」

「謝らなくたっていいよ。そもそも橙子がなんで秘密にしたいかもよくわからないんだし。そうだ、ヤマオに意見を訊いてみようか」

「おねえちゃん、だいじょぶー？」うしろでみゆちゃんの声がした。大丈夫、とお姉さんのトーンで応えてから青木さんは言った。

「ヤマオにはもう電話したの。たぶん、今ごろおばさまに電話で説明してくれてると思う」

「そっか。ヤマオならきっとうまく言ってくれる、大丈夫だよ。心配いらない」

「私もそう思うんだけど……」

「なにか気になることがあるの？」

ヤマオが、と青木さんは口ごもった。

「ヤマオが、なに？」

「いつもと様子が違ったんだよね。できたらおばさまと直接会って話したいから、約束を取り付けたら行くって」

「どこに」

「千葉さんの家。私も行きたいんだけど、今日はむりかもしれない」

「そりゃそうだよ。みゆちゃんもいるもんね」

「そう。ごめんね、涼ちゃん。私が引き起こしたことなのに」

「大丈夫だよ」言いながら僕はソファに放ってあった上着をつかんだ。「僕も今から橙子の家行ってみる」

話のボタンを押した。


「ほんと?」

「うん。青木さんは、みゆちゃんと気をつけて帰って」

「ありがとう」

「じゃあ、またあした。なにも心配しなくていいからね」

通話を終えるなり、僕は木枯らしの吹くおもてへ飛び出した。走りながら携帯電話のボタンを押した。


ＪＲの駅前に、ヤマオは立っていた。夕暮れの人混みでもひときわ目立つヤマオに、僕は駆け寄った。

「待たせてごめん!」

「いや問題ない。これかぶってくれ」

ヤマオが差し出したのはヘルメットだった。

僕は忘れないうちにと思って、橙子のために用意した誕生日プレゼントをヤマオに預けた。おう、と言ってヤマオは受け取り、座席の中にそっとしまった。

バイクにキーを差し込みながらヤマオは、芳子さんに話した内容を説明してくれた。

「歌が仕上がってから連絡して、びっくりさせようと決めていた。俺も自分の親に内緒にしていたが、今となってはこんな誤解を招くのであれば、はじめから話しておけばよかった。本当に申し訳なかった。そんな風に言ったんだが、よかったか」

いいも悪いも、ヤマオが判断してくれたことに異論などあるはずもない。

「芳子さん、なんて」

「涼のおふくろさんが知っていたのはなぜか、訊かれた」

「僕のお母さんはなぜ知っていたの」

「涼はソロではなく伴奏だから。すまん。よく考えたら、答えになってないな」

「そんなことない。ピアノなんて家でも練習するんだから、親に隠しようがないものだよ」

そうか、と言ってヤマオはバイクにまたがった。僕もそのうしろに座ってライダージャケットをつかんだ。

「あとは、家に伺って直接お詫びしたいと言ったら、その必要はないと断られた」

エンジンの振動を感じた瞬間、バイクが動きだした。免許持ってたんだとか、断られたのに会いに行ってこれ以上何を話すのかとか、いろいろ尋ねたいことはあったが、言わなかった。ただ振り落とされないようにライダージャケットにしっかりつかまった。

芳子さんはいま、どんな気持ちだろう。青木さんや僕に対してどんな思いでいるだろう。橙子の生い立ちやこれまでの苦労を包み隠さず信頼して話したのに隠し事をされて、落ち込んでいるに違いない。どんな風に話したら芳子さんの気持ちを軽くすることができるんだろう。僕は申し訳ない思いでいっぱいだった。

信号待ちで、ヤマオが半分振り返って、僕の名前を呼んだ。

「俺はこの合唱祭を成功させたい」

改まってそう言われると、僕はずっと気になっていたことを訊かずにはいられなくなった。

「どうして橙子をソロに推薦したの」

ヤマオは少し考えてから、小学五年のとき橙子のクラスでちょっとした事件があったのだと言った。

「事件てどんな？」

「千葉さんのクラスの先生が、学校に来られなくなってしまったんだ」

僕はヤマオの話がよく聴こえるよう耳を向けた。

「三好《みよし》先生という三十歳くらいの、熱心で子どもたちから人気のある女性の先生だった。俺におにぎりの作り方を教えてくれたのも三好先生だ。あれを、俺はよく保健室で食べた。その三好先生が五年の夏休み明けからときどき休むようになって、最初は週に一回だったのがだんだん増えていき、三学期にはもう、ほとんど来られなくなった。ある日学年集会がひらかれて、教頭が『三好先生は心の風邪をひきました』と説明した。中学受験する児童も多い学校だったから、文句を言う保護者もいたみたいだ。でも、新しく来た代理の先生が五十代のベテラン教師だったから、むしろよかったというような雰囲気になり、騒動は収まった。いつも通りの日々が戻って、俺たちは六年に進級した」

前の信号が点滅しはじめて、歩行者がぱらぱらと駆けだす。

「卒業が近づいてきた頃、卒業式に三好先生も呼ぼうという声があがった。みんなで書いた色紙を渡して、学年全体ではなむけの歌を歌う。代表委員と先生が計画して、招待状を出した。すぐに返事が来た。欠席に丸がついていた」

信号が青になって、ヤマオがゆっくりバイクを出す。

「新しい担任が熱心に説得した結果、式自体に出席はできないが、式が始まる前、卒業生控え室に顔を出してくれることになった。当日、校門から教職員入り口に向かって歩いてくる三好先生が見えた。三好先生は校舎には入ったが、俺たちの前には姿を現さなかった」

ヘルメットを撫でていく風の音がびょうびょうと薄気味悪い。ふいに『魔王』のオクターブを連打するピアノと、甘く誘うバリトンのささやき声が耳元で蘇った。

「何人かの先生が三好先生を探しに控え室を飛び出していった。色紙どうすんだよって男子たちがざわつく中、千葉さんが言ったんだよ。わざわざみんなの前で渡す必要なんかないじゃんって。やる方はこんないいことしてますって満足かもしれないけど、やられる側はたまったもんじゃない。こんな恥さらしみたいなこと、あたしが三好先生でも絶対いやだって」

神経を逆撫でする言い方が橙子らしいねと叫んだら、ヤマオはかすかに肩をゆらしてうなずいた。

「歌だけ歌えばいいじゃん、来てるのわかってんだからさ。千葉さんは言ったそばから歌いはじめた」

その光景を想像した。

むすっとした橙子が、クラスメイトの反感を買いながらも腹を決め、大きく息を吸って、歌い出すところを。今よりもっと幼かった橙子の声が、六年生と先生しかいない校舎に反響するところを。

そして僕は思い至る。

橙子は、口は悪いけど嘘つきじゃない。

橙子は、嘘つきじゃない。

「ほとんどの子が歌い始めたのは二番からだったが、それは渋々というのではなく、千葉さんの歌声に聞き惚れていたからだと思う。少なくとも俺はそうだった」

橙子は、嘘つきじゃない。

その確信が強くなるほどに、いま僕らが向かっている場所にたどり着くのが怖ろしく思えてきた。

このままずっと走っていられたらどんなにいいだろう。

ヤマオがスピードを上げる。叫ぶようにして、ヤマオは言った。

「千葉さんの歌には力がある。誰かを絶望の底から引きずり上げる、光のあるところへすくい出す、強い力があるんだ。だから俺は、この合唱祭を成功させたい」

さらにスピードが上がる。僕はヤマオのジャケットを強くつかんだ。

「俺は今でもあのときの千葉さんの声を思い出すと、この命を精一杯生き切ろうと思う」

橙子の歌声は、三好先生に届いたのだろうか。

覚悟を決めて呼び鈴を鳴らしたのに、出てきたのは橙子だった。「帰って」短く言ってドアを閉めようとする。うつろな目に驚いて、とっさに玄関に身体をねじ込ませた。

「橙子、大丈夫?」

一歩近寄ると、まぶたが腫れているのがはっきりわかった。

橙子は顔を伏せ「大丈夫だから帰って」とかすれ声で言った。

「泣いていたの？」

「もういいから。出てってよ。二度と来ないで」

橙子は僕らをぐいぐい押し、玄関から追い出そうとした。

「あんたたちがいたらまた面倒なことになるの！　帰ってってば！」

「そういうわけにはいかない」ヤマオが胸を反らした。「おふくろさんと話をさせてもらえないか」

「今いない。出かけてる」

「何時ごろ帰ってくる」

「すぐ。たぶんその辺にコーヒー飲みにいってるだけだから。でも、うちのおかあさんと話したって無駄だよ」

「じゃあ千葉さんと話したい」

「話すって、何をよ」

辺りを窺うように見てから、橙子は僕らを中に引き入れドアを閉めた。

「明日、学校に来られるか」

橙子は弱々しく首を振った。

「わかんない」

「俺にできることはあるか」

すこし考えて、橙子はまた首を振った。

「ないよ、そんなものは最初から」

「俺が千葉さんを推薦したんだから責任を取りたい」

「はっ、なに言ってんの、今さら」

「ねえもしさ、ソロをやるってことを最初から話していたらどうだったかな」

僕が尋ねると、橙子は唇をゆがめて笑った。

「はじめっから言っとけばこんなことにはならなかったって言いたいわけ？」

「そうは言ってないよ。どうして言いたくなかったのか不思議に思っただけ」

「こんなに話してるのに！　何度も何度も言ってるのに！　涼ちゃんはなんでわかんないの？　どうして言葉が通じないの？」

そのとき小石のはぜる音がした。

雪山で野うさぎが耳を立てるように、橙子が背筋をぴんと伸ばした。顔から血の気がみるみる引いていく。

車の停まる音。

ぐっと強く腕をつかまれた。

「二階上がって！」

橙子が僕とヤマオを引っ張った。

「自分の靴持って、あたしの部屋に行って！」

「隠れろっていうの？」

びっくりした。信じられない。そんなこと、できるわけがない。

ヤマオは思案顔でドアを見つめている。一枚隔てたその向こうを、透かして見るように。

エンジンの停止する音。冷や汗が次から次へと背中を滑り落ちる。

「そう早く！」

「やだよ、見つかったらどうするの。やましいことは何もないのに」

「ここに二人、断りもなしに入れてるってだけでもうやばいの！」

「芳子さんにちゃんと事情を説明して、謝った方がいいって。僕たちそのために来たんだから。隠れる意味がわかんないよ」

「意味とか、どうでも、いいのっ！　早く上がってってってば！」

いやだ。そんなことをしたら余計ややこしいことになる。

これ以上面倒に巻き込まれたくない。これ以上芳子さんの信用を失いたくない。あんなにお世話になった人を騙すようなことを、悲しませるようなことを、僕はしたくない。

「早く！」

ささやき声で命令しながら橙子はドアにチェーンをかけた。ヤマオが低く尋ねた。

「部屋のどこにいればいい」

僕は天を仰いだ。

「ヤマオ、本気？」

もし見つかったら、すべてが終わりになる。合唱祭どころの騒ぎじゃない。

でも、ヤマオの横顔はすでに覚悟を決めていた。

「クローゼットに入って、きっちり扉を閉めて」

「クローゼットだな」

確認するとヤマオは素早くしゃがみ、二人分の靴をつかんだ。

ヤマオが階段を上がり始める。僕は玄関と階段を交互に見た。何度も何度も首が痛くなるくらいに。バンと、車のドアの閉まる音がした。

どうしたらいいんだ。

いや、どう考えたって隠れるなんてことはしない方がいい。芳子さんがこの扉を開ける前に、こちらから出ていって正直に話をする。それがまっとうだ。道理にかなっている。

砂利を踏む足音が、一歩一歩、近づいてくる。

「涼ちゃん早く！」

僕の背中を押しながら、橙子は、すでに階段をのぼりきろうとしているヤマオに声を飛ばした。

「あたしがいいって言うまで出てこないで」

「わかった」

「約束してよ。何があっても絶対に出てこないって」

「約束する」

心臓がやぶけそうなほど、激しく高鳴る。

ドアに鍵が差し込まれた。階段の上でヤマオが待っている。

僕は階段を駆けあがった。


クローゼットの中は、むせかえるような濃く甘い香りがした。これと似た香りを昔どこかで嗅いだことがある。どこだったただろう。

シャツやコート、ワンピースに紛れるようにして、ヤマオと僕は立っていた。頭上は、僕には余裕があったけれど、ヤマオはすこし腰をかがめるようにしている。

やっぱり、こんなの正気と思えない。

扉に額を押しつけるようにして、僕はすきまから室内を見た。

室内は青く仄暗い。窓から射し込む街灯が、ほんのりと部屋の様子を浮かび上がらせている。

正面には橙子の部屋のドア。ドアの右側には漫画や雑誌の詰まった本棚、左側には全身鏡が置いてある。

その鏡に、僕らのいる木製の白いクローゼットが映っていた。

僕は鏡にじっと目を凝らした。自分たちの姿が映っていないかどうか。

外側からは見えないことを確認すると、階下に耳をそばだてた。

チェーンをはずす音に続いて、玄関のドアがひらく。何か重いものを床に落とすような音、それからぼそぼそとした会話が聞こえてくるが、内容まではわからない。

掌がじっとりと汗ばむ。

誰かが階段を駆けあがってきた。

ごくり、と生唾をのむ音が僕の頭蓋骨に反響した。

全身鏡の横の、扉がひらく。

橙子だった。電気を点け、こちらにちらっと目線をやってからベッドにうつぶせになった。

身じろぎひとつしない。呼吸の音も聞こえない。

そのときふいにクローゼットの中の匂いが何か、思い当たった。

よく葬式で飾られている花の香りだ。

こめかみがどくどくと痛み始めた。

橙子は、ずいぶん長い間そのままの体勢でいた。

疲れて眠ってしまったのだろうか。そうなら、僕らはいつまでここにいればいいのだろう。もしトイレに行きたくなったら。まさか朝まで隠れていなければならないのか。

心配になってとなりのヤマオを見上げる。ねえと声をかけようとしたらヤマオが人差し指を立てた。

なんの前触れもなしにドアがひらいた。

派手な音を立てて開け放たれたドアは、バーン！　と壁にぶつかり勢いよく跳ね返った。あまりに大きな音に声がもれそうになって、あわてて両手で口元を押さえた。

橙子が跳ね起きてベッドの縁に座る。

僕は、自分の目を疑った。

その音を立てたのが、芳子さんであることが信じられなかった。

「どうして自分の娘がソロやるなんてことを、他人から聞かされなきゃなんないのよ！　ねえ？　黙ってないでなんか言ってみなよ」

ずんずん大股で歩いてくると芳子さんは大きく振りかぶった。

「母親に恥かかせて楽しむなんておまえは最低だ！」

橙子の頭部が激しく揺れた。

「人間の屑《くず》だ！」

芳子さんは振り子のような動作で何度も何度も腕を振り上げてはおろした。

衝撃。

僕の見ていた景色が、からくり扉のように反転した。

「出ていけよ！」

どすのきいた声で芳子さんは怒鳴った。

「出ていって、自分で働いて食べていけ！　水商売でもなんでもすればいい！」

ごめんなさい。橙子が洟をすすって詫びる声は芳子さんの罵倒《ばとう》に容易《たやす》くかき消される。

「むかしは親が育てられない子は十円二十円の養育費つけて養子に出して、それで殺されたりしてたんだよ。それにくらべたらあんたなんかごはん食べさせてもらえて、旅行にいけて、塾に通わせてもらえて、大学は私立を目指す？　ほんと恵まれてるよねえ。恵まれすぎて調子にのってんじゃないの？　だいたいそんなきったない声でソロなんかできるはずないじゃん、音痴のくせに。身の程知れよ！」

目の前で起きていることが現実とは思えなかった。卒倒してしまわないように意識を集中させた。これはいったい何なんだろう。何が起きているんだろう。

「あんたみたいな出来損ないがソロなんかできるはずない。やめるって言え！　言わないいんなら返す」

転調。

これは転調だ。

世界がひっくり返った。

うちで食事をしているときや、送っていく道中。橙子はなんと言っていただろう。僕は橙子の話を聞き流していた。橙子の言葉を信じていなかった。嘘だと決めつけていたから。

「返すって言われるんだよね。おかしくない？　子どもを返す場所なんてふつうはないでしょ？　たとえばすみちゃんが涼ちゃんに返すよなんて絶対言わないじゃない。まさかお腹の中に戻すわけにもいかないし。だからそれだけはやめてってほんとは言いたいの。でも言えないの。謝るしかない。何度も何度も、ただひたすら謝る。いろんな角度から、必死で言葉を探すんだよ。たったひとつしか用意されていない模範解答にたどりつくまで」

あれは、ほんとうのことだったんだ。

自分の身体が震えていることに気づいた。音を立ててしまわないように、手の届く場所にあったポールをつかんだ。金属の冷たさに、また心臓が飛び跳ねた。

「そうだ、返せば全部丸く収まる！」

「やめておかあさん。ごめんなさい。これからちゃんとするから。ごめんなさいごめんなさいごめんなさい。おかあさん、ごめんなさい」

ぺちん、ぺちん、と遊びながら威嚇するように、芳子さんは橙子の頭をはたき続けた。

「もうさ、いっそのことどっか消えてほしい」

耳元で硬い音がした。ヤマオの喉仏が上下に動く音だった。

彼の目に激しい怒りが灯るのを、僕ははじめて見た。大きな拳を握りしめている。いつここから飛び出していってもおかしくない。ヤマオは衝動を、必死でこらえていた。出てくるなと橙子が言ったのだから。出ていかないと約束したのだから。

ここで出ていったら本当に何もかも終わりだ。

僕と芳子さんの関係。芳子さんと橙子の関係。僕らと橙子の関係。

すべてが壊れる。もとには戻らない。

「あんたなんかいたってしょうがないんだよ」

怖ろしくて震えが止まらない。僕はポールをよりいっそう強く握った。汗でぬるりとすべった。

「結局はみんなグルになって私を騙したってことだよね」

「ちがう、そういうことじゃない」

「何がちがうの？　すみちゃんは知ってるのに」

「それは、涼ちゃんが伴奏だから」

「メールに私のことバカとか書いてさ」

メール？　芳子さんは橙子と母のメールのやりとりを勝手に見たのだろうか。

「ごめんなさい」

橙子が謝った。おかしい。橙子が詫びる必要なんかない。許可なくメールを見るなんて、最低だ。

「すみちゃんはメールみたいに残るものには、私のこと悪く書いたりしてなかったけど、実際に顔合わせて話してるときは私の悪口で盛り上がったんだろうね。すみちゃんも度胸あるよね。もうすぐ契約更新の時期だっていうのに。ねえ、育ててくれた人の悪口言って楽しかった？　ねえ答えなよ」

「い、言ってないよ、なんにも」

「それをどうやって信じろって言うの！　証拠は？　言ってないって証拠は？」

芳子さんの声が加速度をつけて大きくなっていく。

「目上の人間をバカにして楽しい？」

芳子さんが橙子の頬を思い切りビンタした。高い音が鳴り響く。何度も何度も。

橙子は涙を流しながら謝った。

「バカになんてしてない。おかあさん、ごめんなさい」

芳子さんは気がふれたような高い声で笑った。

「バカはおまえなんだよ、バーカ！」

すきまから見える芳子さんは、いつもの彼女ではなかった。目つきも声色もまるで違う、まったくの別人。どこまでも、暗い調の芳子さんへ転がるように落ちていく。

橙子は自分の手の甲をつねりながら、頭をこれ以上下げられないというほど低くうなだれていた。

もし僕たちが今ここを出ていったとして。できることがあるとしたら、せいぜい芳子さんの暴力と暴言を遮る壁になることくらいだ。それもこの場限りでしかない。たとえば橙子を連れて僕の家に帰ったとして、それでどうなる？　明日からの橙子の人生に、僕や母が丸ごと責任を持てるだろうか。持てるはずがない。

高校を卒業するまでの我慢だ。そのあとは一人暮らしでもなんでもして、好きに生きればいい。そう橙子に伝えよう。ここを無事に出られたら。

「出ていけよ！　私の前から消えろよ！　ほら！　早く家を出ていけよ！」

ポールをぎゅっと握りしめた。喉が塞ぐ。頭痛はどんどんひどくなる。

平和な外の世界が恋しかった。祈るように思い浮かべた。早くここから出たい。光のあふれた、自由で息のしやすい場所へ行きたい。

昨日観た映画の中にいるような気がした。

黒い箱に閉じ込められて、息もできず誰にも声が届かず、死ぬほどの恐怖と戦っていたあの囚人と、同じ景色を見ている。

厳密に言えば、僕がいまいる場所は完全なる闇ではなかった。一人きりでもない。外観は黒ではなく白だ。

でも、僕はこれほどの暗闇を今まで感じたことがなかった。

映画館を出た直後、橙子は言った。

「たった七日で終わってよかったね」

あたしはずっと苦しい。いつまで耐えればいいの？

あのとき僕は、橙子の言葉をぜんぜん本気にしていなかった。

それどころか橙子を嘘つきだと決めつけていた。里子は嘘をつくと芳子さんが言ったから。

芳子さんが橙子のリュックをつかんで窓辺へ行った。途中から姿が見えなくなった。

「おかあさん、やめて!」

勢いよく窓を開け放つ音、ばらばらと何かが落ちていく音。

「ごめんなさい。もうしないから、やめてお願い」

「うるさい! さわるなよ!」

芳子さんが再び鏡に映り、視界に戻ってくる。

タンスを開けた。勢いよく引いたせいで、引き出しがこちら側に飛び出て外れた。芳子さんは橙子の服を次々取り出すと抱えられるだけ抱えて、また窓辺へ向かう。それが終わると、次は勉強机の中身。部屋の中はもうむちゃくちゃだった。おそらく窓の下も。

ねえ、涼ちゃん知ってる? 怒りっていうのは、向けたい相手ではなく向けやすい相手に向くんだって。だからどんな家庭でも、暴力はいちばん弱いものに集中するんだよ。そしてそれはエスカレートして、罪悪感をうしなって、快感を伴うようになるの。ほんと、あの映画とおんなじ。

「今出ていったって、どうせろくな仕事には就けないだろうけどねえ! 高校中退で親もいなくて、日本人ですらないあんたなんか」

えっ。

僕の息をのむ音が大きく響いた。

芳子さんがものすごい勢いで振り返った。般若のような顔。

動揺した拍子に、僕のポケットから何かがすべり出る。

携帯電話だった。

おちる。もう終わりだ。

「ソロはやめたくない」

ぎゅっと目をつぶり覚悟した瞬間、すんでのところでヤマオがキャッチした。

「ソロだけは、やめたくない」

消えかけの線香みたいな声で、でもはっきりと橙子が言った。

「は？」

芳子さんが再びくるっとこちらに背中を向けた。

「なに言ってんの？　あんたにそんなこと言う権利あると思ってんの？」

ほっとする間もなく、僕はまた自分のミスに気づく。携帯の電源を切っていない。

どっと汗が噴き出た。着信があったら音が鳴ってしまう。どうなったか気にして、青木さんがかけてくるかもしれない。仕事から帰宅した母がどこにいるのか確認の電話をかけてくるかもしれない。ヤマオの手の中の携帯をそっと受け取る。ふれたヤマオの掌も、湿っていた。電源ボタンを長押ししようとするも、汗ですべってうまく押せない。暗闇の中で葬式の花の匂いが濃くなる。

橙子の服にくるんでやっと電源を切った。

妙に静かだった。声も音もしない。

すきまからそっと外をのぞく。

芳子さんがこちらに向けて首をひねっている。

まさか。

鏡越しに、芳子さんと目が合った。

汗がだらだら流れる。

芳子さんがこちらに向かって歩いてくる。

扉を内側から握った。胃が喉元までせり上がってくる。芳子さんの手が、クローゼットの扉をつかんだ。

僕は目をぎゅっとつぶった。

がしゃん、と激しい音がした。次の瞬間、まぶしいばかりの光がふりそそぐ。扉がひらいて芳子さんに罵倒される、そうなることを覚悟したが、僕のいる場所は暗いままだった。

まぶたをうすくひらく。芳子さんがクローゼットのすきまをつかんでいた。指がこちら側に突き出ている。深爪気味の指が、目の前にある。僕はポールから手を放し、そろそろと上半身を引いた。焦燥感に圧迫されて胸がくるしい。

ガラガラガラ、と芳子さんはクローゼットの扉をかきむしった。

「ねえ知ってた?」

ガラガラガラ。

「預かった子の葬式することになったら、きちんと行政から経費の負担があるんだよ」

音は次第に大きくなる。

芳子さんの指先に赤い血がにじむ。

喉がひりひり痛んだ。

橙子の目から涙があふれる。

「ごめんなさいおかあさん、あそこには返さないで」

橙子の涙と鼻水が口の中に入る。

静かだった。

怒声と泣き声が混じり合っているのに、静まり返っているように感じた。まるでこの世に橙子と芳子さんしかいないみたいに。現実感が遠のく。目の前で起きている出来事が、夢の中の天国みたいに遠く感じる。

あんなことまで言われても、橙子は芳子さんに優しくされたいと思っている。

橙子は、芳子さんへの期待をすてられない。

橙子の「ごめんなさい」は「あいしてほしい」だ。

芳子さんの「返すよ」も「あいしてほしい」だ。

僕には二人が同じことを叫び合っているように聞こえた。

芳子さんが部屋を出ていく。ほっとして全身の力が抜けた。固まっていた肩がすとんと落ちた。

ヤマオはすこしも動かない。じっと何かを考えていた。

ベッドからはしばらくのあいだすすり泣きが聞こえていたが、それもすぐ止んだ。

僕らは長いあいだそこにいた。

うつむいたまま橙子が上体を起こし、階段を降りていった。そうしてすぐ上がってきて「おかあさんお風呂入った」とクローゼットを開けた。「今のうちに」

髪で顔を隠し僕らの目を見ず、橙子は言った。

忍び足で階段を降りる。洗面所から最も遠い部屋に身体をすべりこませた。い草の匂いが鼻をつく。

この部屋に入るのは初めてだ。室内を見回してそう思った。足を踏み出すと畳がどきっとするほど大きく軋んだ。何度も遊びに来たことがあるのに、この和室へ足を踏み入れたことは一度もなかった。遮光カーテンの閉じられた室内は暗く、すきまから入る街灯でかろうじて中が見えるくらいだった。アンティークの文机がひとつと、年代物の箪笥がひと棹。それ以外なにもない。

ふと、違和感を覚えた。なにかがおかしい。

足が止まる。目を凝らす。

あそこにある、あれはいったいなんだろう。

「涼ちゃん、早く」

呼ばれてハッとした。いつのまにか窓をあけていた橙子が、僕を手招きしている。

橙子の背後には庭が見えた。

僕の目は、花瓶に吸い寄せられていた。

部屋の奥にある、白い花。センスのいい一輪挿しのようなグラスに飾ってあり、おしゃれなのに、どうしてだかその花を見ていたら頭がおかしくなりそうな気がした。怖かった。さみしくて叫び出しそうだった。なのに目が離せず、息がくるしい。

「また明日な」

念押しするようにヤマオが言い、橙子がうなずいた。

橙子が何気なく視線を上げたときに、その表情を窺うことができた。鈍い、なんの感情も宿さない顔。目にも口にも生気が感じられない。

映画で観た、実験で生き残った人たちの顔つきだった。茫然とした、あきらめと、絶望。
僕らは庭に降りて、靴をひっかけながら息を止めて外へ出た。
庭に文房具や教科書や洋服が散らばって、土にまみれていた。

# 12

教室に入ると、窓際でちいさな光の粒が反射して、僕の目をさした。

志穂さんが自分の机の上で裁縫セットを広げている。ゆっくり近づいていくと、橙子のチロリアンハットに何かを縫いつけているようだった。

「なにしてるの」

「ラメをつけてるんだよ。ステージで映えると思うんだ」と志穂さんは言った。「ほら、コンサートとかでも奏者はきらきら光る衣装を着るじゃない？」

屈託のない顔で言う志穂さんに昨日の出来事を説明できるわけもない。

橙子の席に目をやった。いない。リュックもない。遅刻してくるだろうか。せめて顔を見ることができたらいいのに。

器用に動く志穂さんの指ときらめく帽子を見ていたら、背後から声がした。

「失礼します」

背中に氷の柱を突っ込まれたように、すっと全身が冷えた。

おそるおそる振り向く。

担任といっしょに前の扉から入ってきたのは、芳子さんだった。

チャイムが鳴る。生徒たちが席に着く。うしろの扉から、ゆったりした足取りでヤマオが入ってきた。芳子さんに気づくと教室を悠然と見渡し、僕のところで目を留めて、かすかにうなずいた。顔面蒼白の青木さんにも、ヤマオは同じことをした。

芳子さんのうしろに橙子はいない。

チャイムが鳴り終わると、芳子さんは教壇で深々と頭を下げた。

「千葉橙子の母です。今日はみなさんにお話しさせていただきたいことがあって、参りました。先生、貴重なお時間をいただきまして、誠にありがとうございます」

教室の後方に立っていた担任があわてて頭を下げる。

「いつも橙子がみなさんに、何かとご迷惑をおかけしていることは存じております。母親として、心からお詫び申し上げます。申し訳ありません。今回も、合唱祭のソロなどという大役をいただいたのにご期待に添えず、歯がゆい思いです」

「えっ。千葉さん、ソロやめるんですか」

声を上げた青木さんに、芳子さんはさみしげなほほ笑みを向けた。

「そうなの、ごめんなさいね。青木さん。いろいろよくしていただいたのに」

青木さんは、いえ、と言ったきり、うつむいてしまった。メガネの奥の瞳が潤み始める。おそらく自分のことを責めているのだろう。

「私には、橙子がソロをやると聞いたときから、いずれこうなってうまくいかないだろうなってことは、すぐに想像できました。それには、理由があるんです」

心臓がばくんと跳ねた。うそだろう。


「そして暴走が始まるんだよ」

橙子の言葉が脳裏をよぎった。

あのとき僕は、呪詛のように暗く垂れて連なる橙子の言葉を耳に入れるのが嫌で、テレビを観ていた。バラエティ番組のボリュームを上げたけれど、内容は頭に入ってこなかった。

あの夜、橙子の話し相手になっていた母は、どんな気持ちだったんだろう。

「おかあさんの暴走を止められる人なんていないんだよ。いったん目的に向かって我を忘れたら突っ走るのみ。ブレーキの壊れた列車が山の斜面を下り始めるみたいなもん。勢いがついてしまった列車は、止まらないでしょ。行きつくところまで行かない限り」

「行きつくところって？」

勝利、と橙子は即答した。

「おかあさんはね、敗北を回避するためならなんでもやるよ。他人より下の立場にいることになんて、絶対耐えられない人だから。困ってる人の世話を甲斐甲斐しく焼くのも、親切なんじゃないの。単に困ってる人が好きなんだと思う。あのときもそう。ほかに頼る人もないかわいそうな人を発見して、大喜びで、スキップせんばかりに近づいていった。そして暴走した」

「あのときって？」

「すみちゃんの旦那さんが事故に遭って、かなりの重傷だって報せを受けたとき」

四歳のころの出来事を、そんなに詳しく憶えているはずがない。僕はいつかも思ったことを、また思った。橙子の言うことなんてぜんぶ嘘。あのときは、そう思っていた。

「あたしには受話器を持ってるおかあさんが、獲物を前にして身をひそめるネコに見えたもん」


教室をぐるりと見回すと、芳子さんはゆっくり言った。

「橙子はうまれてすぐ、実の母親にすてられました」

ガタッと音がして振り返ると、ヤマオが立ち上がって歩き出していた。

僕の鼓動と呼応するように、迷いのない歩みで教室後方の扉へ向かう。担任が声をかけた。ヤマオは短く何か言い、先生の了承を得るとしずかに教室をでていった。

芳子さんはしばらくヤマオを目で追っていたが、姿が見えなくなると教室の中をじっくり見回した。目で僕らを制すみたいに。

ざわついていた教室が静まりかえった。

「その後乳児院で、人の手にほとんど触れられずに育ちました。みなさんのように泣けば抱っこしてもらえる、そういう恵まれた、ある意味でふつうの環境では育っていないんです。橙子は生まれたときから二十四時間、集団養育です。私が見たある赤ちゃんは、ベッドに固定された哺乳瓶に吸い付いてミルクをのんでいました。信じられますか？　橙子はそんな場所で二歳まで育ちました。そのため、まったく人を信じることができません。信じられないので、少しずつでもできあがってきた関係も、平気で壊します。自分で作り上げた大事なものを簡単に破壊するんです。本人に悪気はありません。彼女は、試したいんです。何をしても自分をみすてないかどうか。どんなにひどいことをしても、自分を嫌いにならないでいてくれるか。試さずにはいられないんです。そんな橙子を受け入れてくれなんて私には言えません。みなさんは橙子の家族でもなんでもないから。でも、できることなら、すこしだけ理解してもらえたら、すこしだけきらいの気持ちを減らしてもらえたら、私にはこれ以上うれしいことはないんです」

そこで芳子さんは一呼吸おいた。教室のあちこちで、女子のすすり泣きが聞こえた。

「施設には、橙子のような愛着障害のある子がたくさんいます。一番の問題は、彼女自身が愛着形成に問題があることをまったく理解していないことです。私との関係も、十何年もかけてこっちは深く築き上げてきたつもりなのに、非常に薄いんです。結局彼女は、人と深くかかわるのが怖いんです。本人に自覚はなくて、無意識のうちに怖いと思って、むちゃくちゃな行動を繰り返してしまいます。橙子のような大人を増やしちゃいけない。橙子みたいな問題のある子をひとりでも減らすために、成育歴による問題を気づかせてケアをしてあげることが必要だと思って、私なりに努力してきました。今回のソロについても、やめると彼女が言い出したとき、最後までやってみたらと私は励ましたんです。あの子にも達成感というものを与えてあげたかったし、成功体験をすこしでも得てほしかった。でも、無理なんです。今はまだ彼女がこれまで経験してこなかった愛情のやりなおしをしている最中で、前を向いて新しい何かに挑戦して進んでいけるような段階じゃないんです。ですからみなさんには本当に迷惑をおかけして申し訳ないですけれども、どうかご理解いただいて、今回のソロはどなたか別の方にお願いしたいんです」

僕は顔をそむけた。

これ以上、芳子さんの笑顔を正視することに耐えられそうもなかった。

うしろから駆けてくる足音が聞こえた。

「あの、千葉さんはほんとうにやめるって言ったんですか」

息を切らしながら尋ねた志穂さんに、芳子さんは顔を向けた。

担任と僕とで、芳子さんを校舎の一階まで送るところだった。

「そうなの、ごめんなさいね」

「それは、ほんとうですか？」

重ねて僕が訊くと、芳子さんはこちらを向いた。

「私が嘘ついてるっていうの？」

目配せひとつで僕はたじろいだ。

きわめてささいな目線だったけれど、その表情は、僕が芳子さんに何か物を言う権利などまったくないと思い知らせるには十分だった。

「すみません。そういうわけじゃないんですけど、あの、橙子はほんとうにがんばってたから」

「そうなんです」志穂さんが援護射撃してくれた。「千葉さんのソロ、すばらしいんです。あんな風に歌える子っていません。歌の世界に魂から深く入り込むっていうか、ずっと聴いていたい歌声で、ほかの誰とも違って、とにかく天才だと思います。だから、だから、だから」

志穂さんは腰を折って、芳子さんに頭を下げた。

「お願いします！　今からでもどうにかなりませんか。私が千葉さんに会いに行ったらだめですか。千葉さんと話がしたいです」

「僕からも、お願いします。芳子さんにも、本番で橙子の歌を聴いてほしい。だから、橙子と話をさせてください。お願いします」

首を垂れた僕の後頭部に、芳子さんの大仰なため息が降ってきた。それは耳から脳に入り、脳全体をじわじわと侵食し、首から下にどす黒く広がっていった。

芳子さんはもはや呼吸ひとつで僕を支配する。

「それはご心配どうもありがとう。でもね、私にお願いされたってどうしようもないのよ。あの子はさっさと気持ち切り替えてるから。なんていうか、謎のポジティブさがあるのよね。楽観主義とは違うんだけど、手に入らない、できっこないとわかった瞬間、すぱっとあきらめるっていうか。やっぱりあなた方みたいなふつうの家庭で育った子とは違うのよ。友だちと信頼関係を築くなんて高度なこと、できるようになるまでには、あと何年、何十年かかるか」

「そのためにも愛情のやりなおしをさせてあげているんですね」担任が口を挟んだ。

「なかなかできることじゃないです。尊敬します」

尊敬なんて、と芳子さんは顔の前で手を振った。

「もちろん苦労はありますよ。でも、将来的に彼ら彼女らが帰れる家があるっていうのは、やっぱり違うと思うんですよね。その一心で、なんとか里親をやってます。なかなかあの子たちには伝わりませんけど」

「すくなくとも、私のクラスの生徒たちには伝わりましたよ」

そうですよね、と芳子さんが担任の方へ前のめりになった。

「みなさん納得されてましたよね。千葉さんには何かが足りないと思っていたけど、今の話でぜんぶ疑問が解けたって、言われましたもん」

そんなことを、誰が言ったのだろうか。

僕は教室の中の、いろんな場面を思い起こしてみる。芳子さんがやってきてから、去っていくまで。誰か、芳子さんのところへ近寄っていった生徒はいただろうか。

来賓出入り口でスリッパを脱ぎ、よく磨かれた革靴を履いて、芳子さんは礼儀正しく担任にお辞儀をすると、学校を出ていった。その背中には生命力がみなぎっていた。

僕と志穂さんはしばらくのあいだそこに突っ立って、芳子さんの後ろ姿を見つめていた。

そんなセリフを口にした生徒は、いったいどこにいたんだろう?

「千葉さんはソロをやめない」

川沿いのベンチでヤマオが言ったとき、僕は疲れ切っていた。魂を抜かれるというのはこういうことだろうな、というくらい身体がスカスカだった。もう何もかもどうでもいいような気すらした。ゆるされるなら今すぐベッドに入って三日間くらい何もせずに眠っていたかった。

「どうしてそんなことが言えるの」青木さんが訊いた。

「朝、千葉さんの家に行った」

芳子さんが教室で話している間に橙子の家へ行き、プレゼントを渡したのだとヤマオは言った。

「勝手なことをして悪いと思っている」

「いや、ぜんぜん悪くないよ」僕は首を振った。「プレゼントってやっぱり当日にもらいたいものだと思うし。ね?」

「うん。さすがヤマオ」青木さんも同意した。

「いつ芳子さんが帰ってくるか、気にならなかった? 橙子とたくさん話せた?」

「いや、誕生日おめでとうだけだ」

「それで千葉さん、やめないって?」

「ああ、やめたくないって」

「じゃあ、もう少ししたら学校にも出てくるってことだよね? いつ? 明日?」

「それはわからない」

青木さんが両手で顔を覆った。

「もう間に合わないよ」

途方にくれる僕らの脇を、人影が通り過ぎた。

ちいさな女の子と、お母さんだった。

女の子が、母親の手をひいて、公園へ行こうと誘う。母親は苦笑いしながら何かなだめるようなことを言ったが、結局すぐそこにある公園へ入っていった。その公園には、似たような年代の母子がいたるところにいる。どの母親も健康的な笑顔で、心も穏やかそうに見える。

橙子が見上げた芳子さんは、どうだったんだろう。

芳子さんが見た公園は、どうだったんだろう。

「ところでプレゼント、涼ちゃんとヤマオは何にしたの? 私はダックスフントの耳栓にしたんだけど」

「えっ、ダックスフントの耳栓ってなに」

「両方の耳に入れたら、右からは上半身、左からは下半身がでるようになってる耳栓」

「うわー、僕も見たかったなあ」

「じゃあ涼ちゃんの誕生日にも同じのあげるよ。涼ちゃんは何にしたの？」

「本」

「なんの本？」

「前に橙子が読みたいって言ってた漫画。ヤマオは？」

「俺はコーラ」

「えー、なにそれ。私、誕生日にコーラなんてもらってもぜんぜんうれしくないんですけどー」

　青木さんはアハハと笑って立ち上がり、スカートの尻部分を軽くはたいた。すこし離れた場所から、小型犬を連れた女性が歩いてくる。わーかわいい、と言って青木さんはその犬に駆け寄っていった。

「こないだ三好先生の話、しただろう」とヤマオが言った。

「うん。あの、心の病気になっちゃった先生でしょう？」

「その病気の原因は、俺だ」

「えっ、どうして？」

そんなことありえない。びっくりして尋ねた僕に、ヤマオはゆっくり話し出した。

「三好先生は、本当に子ども思いで、よく気がつく人だった。小三のとき、俺を誰もいない教室に呼んで、『何か困ってることがあったら、教えてほしい。先生いっしょに考えるから』って言ってくれた。担任でもないのに。あとからわかったことだが、三好先生は、俺がロッカーに押し込んでいた未納給食費督促の封筒を見つけたらしい。そのことには一切ふれずに、親身になって聴いてくれた。まだガキだった俺にも、この大人は口先だけじゃないとわかった。三好先生は、ただ一言『腹が減ってる』と言った俺の口に飴を放り込んでくれて、翌週には『朝食クラブ』を立ち上げた」

「朝食クラブ?」

「保健室の先生にかけあって、朝飯を食べたい児童は保健室で食べられるようにしたんだ。もちろん学校側には反発する教師も多かった。食中毒の心配とか差別の助長とか、そういう理由で。朝食は親の役割で、学校がそこまでする必要はないと断言する教師もいた。でも三好先生は『最優先は親の役割と学校の役割を線引きすることじゃない。子どもが元気に学校で活動できること、朝ごはんは楽しいものだと思えること。それはきっと子どもたちの支えになる』そう主張して、朝食クラブの活動を続けた」

そこでヤマオは口をつぐんだ。青木さんの笑い声が聞こえてくる。

「それで、どうなったの」

「俺たちが元気になっていくのと反比例して、三好先生はどんどん痩せていった。保健室は子どもたちのたまり場になって、一部の児童は保健室にいる子たちを貧乏人だとからかった。反対していた教師たちは鬼の首をとったように三好先生を非難した。子どもでもわかるくらい、あからさまに三好先生を排除した。あれははっきりいっていじめだった」

「ひどい」

しゃがんで犬の頭をなでていた青木さんが立ち上がり、こちらへ向かって歩いてくる。

「でも俺は何もできなかった。俺をたすけてくれた三好先生に何も」

小学生のヤマオが唇を嚙んでいる。

いま目の前にいるのは十七歳のヤマオなのに、僕には、まだ非力でちいさい子どもだったヤマオが見えた。その男の子は、ひとりぼっちで、とてもたよりなかった。

僕らは並んで歩いてＪＲの駅へ向かった。橙子はいないが練習をしないわけにはいかない。

ふわっと花が香った。

僕は鞄から取り出した定期券を手に、花束を抱えた人を目で追った。駅から出てきたその女性は、住宅街の方へ歩いていった。目に、白い花の残像が焼きついた。

「あっ」

改札の手前で声が出た。

前を歩いていたヤマオと青木さんが振り返る。

「どうしたの？」

「いや、なんでもない」

僕は小走りで二人に近づき、改札をくぐった。階段をのぼり、僕の家に向かう電車に三人で乗り込む。帰宅ラッシュのはじまった車内で、現実感が徐々に遠のいていった。

僕の肉体はそこにあったが、意識は、あの暗くしずかな部屋に飛んでいた。

橙子の家から出るときに通った、庭に面した息苦しい和室。どうしてあの一輪挿しに目が吸い寄せられたのか。異様な雰囲気を感じ、目が離せなくなってしまったのはなぜなのか。

なぜだろうなぜだろうと考えていた理由が、やっとわかった。

あのとき、僕の目には花と一輪挿ししか映っていなかった。その手前にあるものは、見えなかったのか、それとも見ないようにしていたのか。

い草の匂いとともに室内の様子がくっきりとよみがえってくる。

花の手前の暗がりに、ちいさな箱があった。

あれは、おそらく骨壺だった。

こめかみがキリキリ痛む。

写真はなかった。あの家の誰かが死んだという話は聞いたことがない。

車窓が光を弾くようにして夕暮れの街を進んでいく。僕は二人の会話に相づちを打ちながら、目に映る景色にあのちいさな箱を見ていた。

あれは、だれの骨壺なんだろう。

# 13

○月×日
「あんたの子育ては失敗だったんだよ」

ざんばら髪の老婆から、罵倒される。

「自分でも気づいてるんだろう？　あんたは完全にしくじった。できもしないことをやろうとするからだよ。自分のことをたいそうご立派だと思い込んでいるようだけど、他人の目から見ればあんたは、親として無能だ。気の毒にね」

老婆が高笑いする。

「あんたじゃなくて、あの子がだよ。あの子の気持ちを、本当に心の底から理解しようとしたことがあるか？　あの子は二重、三重に傷つけられたんだ。あんたのやったことは、あの子の傷を深くしただけ。やらない方がマシだった」

ちがう！

おまえに私の何がわかる！

「あんたは絶対に、自分の弱さや罪を認めないね。体面をとりつくろうのに必死だ。あんたがその外面を維持するために必要としているエネルギーはどれだけ大きいんだろうね。きっと地殻変動を起こすくらい莫大だ。その力をもっと別のところへ使えたらよかったのにね。ああ、おかしい。とーっくにぜんぶばれてるんだよ。あんたは自分がすべてを把握し取り仕切っているように額に汗かいて装ってる。でも実際のところ、あんたは物事を把握なんかしていない。むしろ何もわかってない」

骨、と老婆が言った。胸を強く圧迫されたみたいに息ができなくなる。

「抱けなかったわが子の分まで、あの子を大事に育てようって気にはならないのかねえ」

悔しい！　悔しくて悔しくて叫び出したいのに喉がつまって声にならない。

何も知らない人になんでそんなことを言われなきゃならないのか。

どうして私は自分で産んだ子を育てることができなかったのか。

どうして他の誰もが、愚鈍そうな女までもが手に入れているものを、私は手に入れられなかったのか。それは、私のせいなのだろうか。

あの子にいい顔だけ見せればいい人間と、私は違うのだ。私には責任がある。あの子を立派に育て上げる責任が。私に何も言うな。外野が偉そうに意見なんかするな。

ぜんぶ背負う気もないくせに。

おまえには義務も責任もない。

そりゃいい顔だけ見せられるだろう。

「あの子がどんなに苦しんでいるか、わかるか？　あんたは施設に返してしまえばそれでハイ終わり。でもあの子は違うよ。自分は親にすてられ、里親にもすてられ、施設にもすてられたと思う。返された子が施設でどんな立場に置かれるか、考えたこともないだろう。親と育つことができなかった自分は、里親家庭や施設でさえやっていくことができないと思うんだよ。あんたが欲しかったのは問題のすくない子ども。だから問題ばかりの子どもは投げ出すんだ。ぜんぶあんたの勝手でね。あの子はほんとうに不運だった。あんたなんかに引き取られて。気に入らないから返す？　玩具じゃないんだよ」

老婆は低く笑った。

「なんでやれると思ったんだろうねえ？」

しわしわの太い指が顔面に突きつけられる。老婆は大声で言った。

「あんたの子育ては、失敗だったんだ！」

自分の悲鳴で跳ね起きた。パジャマが汗でびっしょりだ。心臓を内側から連打されているみたいに、しばらく鼓動が激しかった。動悸がおさまるまで布団の上に座っていた。

しわがれた声も、鼻に突きつけられた指の感触も、黄色くにごった瞳も、とても夢とは思えなかった。

# 14

鍵盤に指先が引っかかった。
「すみません、やり直します」
「大丈夫。焦らなくていいから」
冬香先生はにっこり笑って、空気を変えるように椅子に座り直した。
それでもやっぱり僕は失敗した。難しくもなんともないところで、何度もつっかえる。
こんなことは、はじめてだ。
全身を分厚い黴のマントに覆われたような気持ちだった。
『腹が減ってる』
ヤマオの声がよみがえった。
ひとりぼっちでお腹を空かせていた、ちいさなヤマオ。
ヤマオをたすけてくれた三好先生。その三好先生に歌を贈った橙子。橙子の歌声に生きる力をもらったヤマオ。ヤマオは合唱祭を成功させたい。でも橙子は学校に来ない。来られない。芳子さんの部屋には骨壺がある。

僕の頭の中はもうぐちゃぐちゃだった。

芳子さんは、橙子を育てているのだろうか？

それとも、管理しているのか？

橙子はいま、どうしているのだろう。連絡を取りたいが、芳子さんに知られずにやり取りする方法がない。手紙もメールもきっとすべて検閲される。

僕は家で、何度も受話器を持ち上げた。大きく深呼吸をして、「橙子が出る可能性に賭けよう。万が一芳子さんが出たとしても、橙子に替わって下さいと毅然とした態度で言うのだ」そう決意してボタンを押していった。

でも、どうしても、最後のひとつが押せなかった。

僕だって合唱祭を成功させたい。そのためには橙子に学校に来てほしい。でも、僕は電話一本かける勇気がない。

そして、鍵盤だってろくに叩けない。

ピアノが弾けない僕に価値なんてないんじゃないか？

その言葉が頭をよぎった瞬間、僕の手は、鍵盤の上で完全に止まってしまった。

もうだめだ。

アルトのソロは来ない。伴奏はろくでもない。

合唱祭は明日なのに。

僕たちのクラスはだめだ。もう、おしまいだ。

冬香先生は何も訊かなかった。ただ、待ってくれた。僕は、何かこの場を取り繕うことを言わなければと思うのに、気が急くばかりで、声すら出せなかった。一言しゃべったら、同時に涙がこぼれてしまいそうだ。

冬香先生がしずかに言った。

「お茶淹れるから、涼くん、手を洗っておいでよ」

僕はうなずいて、弱々しく立ち上がった。重い脚をひきずるようにしてトイレへ向かい、ドアを閉めるなり口元を手で覆った。

短い息がハッハッともれた。手に涙がぼたぼた落ちた。

あんたなんかいたってしょうがないんだよ。

芳子さんの叫び声が頭の中で暴れだす。

そうだ。

僕なんか、いたってしょうがない。なんの役にも立たずいずれ死んでいくのに、僕がいま生きている意味はなんだろう。

マンホールのふたが吹っ飛んで中身が吹き出すみたいに、自分の中にある感情が爆発した。飛び出してきた醜いものたちは無限に続くビリヤードのように僕の頭の中で四方八方に飛び散った。感情の玉が脳の壁にぶつかってうるさくて絶叫しそうになる。

涙が止まるのを待って、トイレを出た。

洗面台で手を洗いながら、顔を上げる。

鏡を見てがっかりした。目と鼻が真っ赤だ。

うつむきながら椅子に腰かける。冬香先生が淹れてくれたほうじ茶をのみ、息を吐く。

僕の指が動き出すのを、先生は根気強く待ってくれた。

でも結局、僕は弾けなかった。

「甘いものでも食べにいこっか」

冬香先生の手が背中に置かれた。

ドーナツショップの中は暖かく、白い光にあふれ、平和だった。

「涼くん、どれがすき?」

「どれも、いまは特に」と僕はかすれ声でこたえた。変な声。

そう、と言いながら冬香先生は、ガラスケースに並んだドーナツをじっくり見た。お客さんは少ないけれど、みんな幸せそうに見えた。自分の人生にそれなりに満足しているように。頭の中がこんなにどす黒くこんがらがっているのは僕だけだろう。

冬香先生はホットコーヒーとホットミルク、それからドーナツを五つも買って、いちばん奥の席に腰をおろした。

「よかったら食べて」

「お腹すいてません」僕は力なく言った。

「あらそう？　じゃあわたしいただくわね」

チョコレートがけのドーナツや、粉雪のような砂糖がまぶされたもの、生クリームが入ったもの、冬香先生は次々平らげていった。

「そういえば涼くん、あの小説はどうだった？　感想をきかせてよ」

「実はまだ読み終わってないんです」

そう、と冬香先生はざんねんそうに言った。

「なんだか文字が頭に入ってこなくて。同じ行を何度も読んでしまったりして」

「ぜひ読んでほしいわ。とてつもなく恐ろしい場面があったの。そのシーンについて涼くんがどう思ったか、すごく知りたい」

僕がどう思うかなんて、そんなことはまったく大したことではないんです。

そう言いたかったが卑屈だと思われそうでやめた。自分で自分がもっといやになりそうだ。今の僕は、思考の枝が悪い方にしか伸びていかない。これ以上伸ばしたくない。

先生から逸らすようにして遣った視線の先に、壁時計があった。びっくりするくらい深夜だった。いつのまにこんなに時間が経ったのだろう。きっと母が心配している。

でもまだ帰る気にはなれなかった。

先生が食べることに集中すると、会話はなくなった。不思議と気づまりではなかったが、なんだか一口も食べないのも申し訳ないような気がしてくる。

僕の思考を見透かしたように、先生がきれいな白い指で皿を押して僕に近づけてくる。

ひとつだけ、もらうことにした。指先についた粉砂糖をじっと見る。

ホットミルクなんて子どもじゃあるまいし、と思いながらのんだ。温かくからまりながら牛乳は喉を通り、胃に降りていった。鼻が詰まっているせいか、味はよくわからない。

「先生、質問してもいいですか」

「いいわよ、なんでも訊いて」

「先生の怖いものってなんですか」

冬香先生はにっこり笑って「言わない」と答えた。

「そんなの、秘密に決まってるでしょう」

「ずるい。なんでも訊いてって言ったのに」

「答えたくない質問には、答えなくていいのよ」

「じゃあ、怖いくらい誰かに追いつめられた経験はありますか」

「ある」先生は即答した。

それが何なのか、誰なのか、訊いてもきっと答えてもらえないのだろう。

冬香先生はおいしそうにコーヒーをのんだ。マグカップを両手でつつむように持って。

それから僕たちは黙々とドーナツを食べた。結局冬香先生がみっつ、僕がふたつ食べた。

唇の端についた粉砂糖を紙ナプキンでそっとぬぐって、先生はひとりごとを言うようにつぶやいた。

「追いつめる人って、たぶん追いつめられてるのよね」

ドーナツショップを出ると、人通りがさらに少なくなっていた。当たり前だ。もう真夜中を過ぎている。

先生と僕はJRの駅まで並んで歩いた。プーランクやシューベルトの話をしていると、少しずつ現実世界に戻っていけるような気がした。

「涼くん」

とつぜん冬香先生が僕の服を引っ張って引き寄せた。

停車していたトラックの陰から、制服姿の作業員が飛び出してきた。坊主頭の大柄な男性だ。重そうな荷物をいくつも重ねて抱えている。

彼は僕らに気づくとさっと足を止め「失礼します！」と頭を下げた。

その声にぞくっとして、詰まっていた鼻が一気に通った。

男性は僕らが過ぎるのを待って、建物の中へ駆けていく。

「ヤマオ！」

考えるより先に声が出ていた。荷物を抱えた人物は振り返った。

そして僕の顔を見て表情をゆるめた。

「涼」

「髪、切っちゃったの？」

「ああ、さっきバリカンで」

ヤマオは照れくさそうに頭頂部を見せてきた。

「変か。やっぱり」

「ぜんぜん!」僕は激しく首を振った。

すごくいい、と心の中で付け足した。

「こんな遅くまで仕事して、明日大丈夫?」

「ああ、問題ない」

「深夜のバイトは」

校則違反じゃないの、僕が言う前に、ヤマオは白い歯を見せて笑った。

「また明日な」

ヤマオは、僕のとなりにいた冬香先生にていねいに頭を下げてから、建物に入っていった。

「きびきびした気持ちのいい人だったわね」

「はい」

胸に沁みるような笑顔だった。

僕は手のひらで頬をさすった。涙が乾いたあとでよかった。

「こんな夜遅くに機嫌好く働いている人がいるって、すくわれるような思いがする」

冬香先生はしみじみ言った。

僕らはしばらくのあいだ、ヤマオが入っていったビルを見上げていた。うかうかしているとヤマオが出てくる。彼の仕事の邪魔はしたくない。そう思って、となりの冬香先生を見た。

先生は何かを思い出すようにじっと、ビルの遥か上、夜空を見上げていた。つめたい風が吹いて、先生の豊かな黒髪が舞い上がり、香った。

あ、と思った。

「前と違うシャンプーの匂い」

「よく気づくわねえ。今日は美容院で洗ってもらったの。なんだか自分で乾かすのがめんどうだったから」

「シャンプーのためだけに、美容院に入るんですか?」

「たまにね」

冬香先生からは自由な匂いがした。僕はそんな大人になりたいと思った。

「別の引き出しにしまえばいいと思ったの」

歩きながら、冬香先生が言った。

「引き出しですか?」

「そう。怖いくらい追いつめられたときの話ね。わたしがそのときいちばんつらかったのは、ただその人が憎いだけじゃないってことだった」

どきっとした。

そうだ、そうなんだ。僕の心の中で感情の糸がこんなにこんがらがっているのは、だからなんだ。

芳子さんのことが、憎いだけならこんなに苦しくないんだよ。

「大事な人だった。だから愛情も感謝も、うしろめたさもあった。恩もね。相反する感情で、頭の中がぐちゃぐちゃになった。ぎりぎりの細い線の上を右へ左へ行ったりきたりで、いつあちら側に行ってもおかしくない日々だった。でもそんな中でただ一点、どんなときも消えない、たしかな気持ちがあったの」

僕は黙って先生の目を見て、続きを待った。

「逃げたいってこと」

冬香先生は言った。

「その人のそばにいると息ができないから」

逃げたい。息苦しい。

「それで、その人のすべてを、わたしの中の引き出しに分けることにしたの。大事にしてもらった。愛をもらった。守ってもらった。つらいときに優しくしてくれた。情に厚くて、セクシーで、すごく魅力的な人。だけど、そのよい方ばかりに目を向けると、つらくなっちゃうのよ。そんな人に対してこんなことを思う自分がろくでなしに思えて。だから、自分の中のぜんぶの感情を認めて、分けたの」

僕は冬香先生の言葉を、自分の心のいちばん大切な引き出しにしまった。

それにね、と先生は付け加えるように言った。

「恩にも、時効はあっていいと思うのよ」


駅が見えてきた。

「シュタツィオン、でしたっけ」

駅舎を指さしながら言うと、冬香先生は明るく笑った。

「よく憶えてたわね」

「そうだ。ソロ歌うの、さっきの坊主の人なんですよ」

「えっそうなの？　やだ！　それを早く言ってよ。道理で。すんごくいい声だなと思ったのよ」

「日本語で、最高の悲しみを表現しますよ。先生たぶんびっくりすると思います」

「楽しみ」

冬香先生は両肩をキュッと上げてほほ笑んだ。

それから先生は、思いもよらないことを言った。

「さっきの彼が歌う『魔王』はどんなかしら」

心臓が跳ねた。

ヤマオが歌う『魔王』。

「あの子が妖しく誘うときの表現って、ちょっと想像つかない」

息子を手に入れるために優しく甘く絡みつく魔王の、ぎりぎりまで抑え込んだ狂気。その感情の昂ぶりと爆発。ヤマオならどう表現するだろう。

「きっと、とてつもなくいいはずよ」

ヤマオが感情を、力任せに破裂させるとは考えられない。低く朗々とした深みのある声を、その圧力を、少しずつ強めて凄みに変えてみせるだろう。

いつかヤマオの歌う『魔王』を聴く機会があるだろうか。

聴いてみたい。強くそう願った。

できるなら、それは僕の伴奏で。

「怖いくらい追いつめてくる人は、恐怖の中で生きているんだと思う」冬香先生は言った。「だから仕返しをしようとか、相手を地獄に落とそうとか考える必要はないの。すでにその人は恐怖のどん底にいるんだから。妄想に支配されて苦しんでいるのよ。それを絶対に見せたりはしないけどね」

妄想、と僕はつぶやいた。

そう、と先生は答えた。

「妄想に支配されて、相手を支配するの」

ポケットの小銭で切符を買い、改札をくぐった。振り返ると、冬香先生はもうずいぶん遠くまで歩いていた。

先生の姿が見えなくなってから、僕は歩き出した。

歩みは徐々に速く、力強くなった。

# 15

○月×日

親になることがここまできついものだとわかっていたら、子どもを引き取ろうなどと思っただろうか。

そのことをずっと考えている。朝から晩まで。

あんなことは、しなければよかったんだろうか。

親からはどんな血かわからないと眉をひそめられ、友だちからは物好きだねと笑われ、それでも引き取った私が間違っていたのか。

きっとものすごい苦労をするよ。あのとき彼らの忠告を受け入れていたら、こんな思いをしなくてすんだのか。

どこで道がずれてしまったんだろう。単に相性の問題だろうか。私の我慢が足りなかったのか。あの頃の私にはまだ知識も経験もなかったのに、育てにくい子と関わろうなんて傲慢だったのかもしれない。

それとも、そもそもはじめから道などなかったのか。

考えに考えてキッチンでうとうとしていると、またあのざんばら髪の老婆が出てきた。

老婆はもう私を責めなかった。不気味なくらい優しい声で、

「育児がなかったら、あんたはきっと違う何かをしんどいと思っていたはずだよ」

と言った。

そうかもしれない。

目がさめて頰の涙を掌でぬぐった。

じゃあ私はいったい、どうしたらよかったんだろう。


はっとした。

これは呪いだ。

夫の別れた妻がかけた呪いが、私に届いたのだ。それでこんなみじめなことになっている。そうに違いない。

芋づる式に、いやな記憶がずるずると引きずり出される。

出会った当初、彼は妻子がいることを私に隠していた。発覚してからは、離婚調停中なんだと言った。離婚が成立したら、籍を入れよう。彼の言葉を私は信じた。

あるとき、生理が遅れていることに気づいた。病院へ行くと、妊娠を告げられた。うれしくてたまらなかった。

役所に寄って母子手帳をもらった。知らず知らずのうちに鼻歌がもれた。何度もお腹に手を当てた。ここにもうひとつ命がある。しかも、愛するあの人の子ども。神秘的で尊い温もりを感じた。

今回はおろしてほしい。

けれど彼はそう言った。耳を疑った。どうして、自分の子を殺さなくてはならないの。もし調停に不利だというなら、こっそり産む。ひとりで育てる。あなたは知らなかったことにすればいい。

彼はため息をついて、たのむから冷静になってくれ、と言った。感情的になるな。子どもの年齢でいずればれるし、ばれたら損害請求がくる。

話し合いは平行線。時間だけが流れていく。

不安で眠れなくなった。一人で抱えきれなくて、学生時代からの友人に相談した。おろしたらあんたすてられるよ、と彼女は言い放った。私は憤慨し、もうあなたとは金輪際会わないと言って席を立った。

子どもはあきらめることになった。

火葬の日は、とても寒かった。

棺の中の赤ちゃんは不思議とたくましく見えた。もしお乳をあげたらのんで、そのままぐんぐん大きくなっていくんじゃないかと思った。

そんなことはありえないのに。

私の子。私の大事な子。どうして私はこの子と別れなくちゃいけないんだろう。

写真を撮りたいと言うと、彼は怖ろしいものを見るような目つきで私を見た。

「写真を撮ってどうなる？　つらくなるだけじゃないか。早く忘れた方がいい」

術後で反論できるほどの気力も体力もなかった私は、引き下がってしまった。

そのことを、ずっと悔やんだ。

いや、悔やんでいる。

私は、悔やみ続けている。あの子の顔は記憶に残っているけれど、正しい記憶かどうか、もうわからない。年々ぼやけてしまう。

棺にはピンク色のソックスと母子手帳を入れた。高温で速く焼くと骨が残らないと聞いたので、朝一番の予約を入れた。ゆっくり焼いてくださいとお願いした。なのに骨は残らなかった。私は灰を手ですくって箱に入れた。一粒一粒が、宝だった。

涙があとからあとからこぼれた。

この子は、この世界にたくさん存在するおいしいものをひとつも食べずうつくしい音楽も聴かず私と見つめ合うこともなく、死んでしまった。

人を殺した自分がいやで、それも、世界でいちばん大切な人間を殺してしまった自分がいやで、いやでいやでたまらない。

この子が死ぬくらいなら、私も死んでしまいたかった。

もうこの先私に笑うようなことは訪れないだろう。未来に希望など、ひとつもない。

どこにもすくいがない。

ただ息をして食べ物を口に運んで日々をすごした。後を追いたい気持ちを必死にこらえて。

かなしみは特に夜、猛烈な勢いで襲ってくる。このまま気が狂ってしまうのではないかと怖くなる。ああする以外に方法はなかったのか、あれでほんとうによかったのか、考えれば考えるほど罪悪感に押しつぶされそうだ。

それからしばらくして私たちは夫婦になった。おろしたらすてられるよと脅すように言った友だちを見返すことはできた。

どうして私は、うまくやれなかったんだろう。

あの子にとって私はなんだったんだろう。

# 16

しんと静まり返った音楽堂は、空気が張り詰めていた。

「アルトのソロは、なし」

舞台袖で、青木さんが言った。

「あの部分は、アルト全員で歌って」

そうなるだろうという予感があったからか、アルトの女子たちは黙ってうなずいた。

橙子は来なかった。

今朝音楽堂の入り口で、千葉さんは休みだと担任から告げられたときの青木さんの苦痛にゆがむ顔が、網膜に張り付いて離れない。

僕と青木さんは、同じタイミングで門の方を見た。長いあいだ見つめていた。担任から、中に入れと背中を押されるまでずっと。

盛大な拍手が沸き起こった。僕たちの前のクラスが合唱を終え、袖に下がってくる。

「次は、二年C組です」

アナウンスが拍手のすきまに入りこんで、ひらいていく。

僕たちはステージへ出ていった。照明が目に突き刺さる。舞台の上を歩く靴音は硬く、一歩ごとに肩がこわばっていく。

「きたきたきた！」と前の方で明るい声が上がった。「優ちゃん優ちゃん！」

見ると、みゆちゃんと、そのとなりに、青木さんとまったく同じ顔をしたお母さんらしき人が座っている。

丸メガネをかけたお母さんは転がりそうなくらい前のめりになって、青木さんを呼んでいた。身体じゅうから、娘への愛情があふれている。

「優ちゃんってば！　聞こえないのかしら。優ちゃん優ちゃん、こっち！」

青木さんが眉をひそめる。何があってもそちらには顔を向けないと固く決めているようだ。

観客席のざわめき。彼らの言葉はひとかたまりになって、一人一人の声は聞き取れない。ただ、サ行がひときわよく響く。

ピアノ椅子に腰かける直前、冬香先生が視界に入った。にっこりほほ笑んでくれたので、僕も口角を上げようとするが、うまく笑えない。黒い革の椅子は、座った瞬間沈み込んでしまいそうなほど不安定だ。冬香先生が僕に向かって口を動かした。

え？　思わず目で問いかける。シュタツィオン、冬香先生はそう言ったようだ。

僕はざわめきに耳を澄ませた。

もしもこれが、すべてドイツ語だったとしたら。きっと、もっと空気が破裂するのだろう。Sの音がホール内に響き渡る。その様子を想像したら、すこしだけ先生にほほ笑み返すことができた。

クラス紹介のアナウンスが流れる中、観客が徐々に静かになっていく。髪をいじったり、横の人とおしゃべりしていた生徒たちの頭の動きが止まる。そっとプログラムを閉じる音が暗闇に吸いこまれた。

唐突にフラッシュが瞬く。ステージ下、すぐそばにプロのカメラマンがいた。鼻の長い黒いカメラにじっと見つめられ、緊張がピークに達する。

ポケットからハンカチを出して、楽譜の隣に置いた。学ランの袖をまくる。手首の震えを止めるように、手を開いたり握ったりした。

観客席が一段と薄暗くなる直前、目が母を捉えた。中央、正面に座っている。びっくりして楽譜を落としそうになった。来るなんて聞いていなかった。わざわざ仕事を休んでくれたのか。完全に暗転する直前、心臓が乾いたいやな音を立てた。僕はその理由を深く考えないようにして、芽生えかけた恐怖を追い払い、意識を集中させた。

すべての音が、やんだ。

僕から見て手前が女子、奥が男子。ヤマオはバスの最前列に立っている。そしていちばんよく見える場所に青木さん。司会進行の生徒が、マイクのスイッチを切った。青木さんが指揮台に立ち、白手袋をした手をあげる。

みんなが軽く脚をひらく。僕は指を鍵盤に載せる。ライトが熱い。

青木さんが、手を動かしかけた、その瞬間。

会場の後方で、革と革の離れるみちっという音がした。

今まさに弾こうというときに、なぜそちらを見たのかわからない。僕は鍵盤に手を置いたまま、光の漏れる扉に顔を向けた。

薄く開いたすきまから、細長いシルエットが見えた。その影は体重をかけて勢いよく扉を引き、するりと身体を中にすべりこませた。

僕の視線を青木さんが追った。

青木さんは、瞬きを二回してから、手を降ろした。

橙子だった。

セーラー服を着た橙子が、こちらに向かってくる。手には緑色のチロリアンハット。青木さんの横顔が、笑った。

目の前の階段を降りようとして橙子は、すぐ横で立ち見していた女性に気がついた。僕の知らない人だ。橙子は半歩その女性に近づき、何か声をかけてから、勢いよく駆け下りてきた。

鮮やかな羽根がなびき、スカートがひるがえる。薄暗いホールの中、ほのかなライトを反射したラメが、きらきら光った。

橙子が走るその道は、光の通り道だった。

輝きながら橙子は、舞台脇の階段をのぼってきた。

列に並ぶ直前、橙子は僕の方をちらりと見た。やはり何を考えているのかわからない顔だ。どうやってあの部屋を抜け出してここへ来たの。目で尋ねたら、ふっと不敵な笑みを返された。

ざわめくホールで、審査員席の先生たちは顔を見合わせている。

橙子はアルトの最前列に立った。ヤマオはまっすぐ前を向いている。ヤマオだけが、動揺していない。

ひげも髪も剃ったヤマオは神々しさが増している。とてもゆうべ深夜まで働いていた人とは思えない。

青木さんがふたたび両手をあげた。視線が重なる。僕が口角を上げると、青木さんもにっと笑った。青木さんの手がすっと上がり、僕は手を落とした。

課題曲の前奏がホールに鳴り響く。

奏でているのはピアノの弦なのに、僕の指先から音が出ているような感覚に陥ってしまう。快楽を感じているのが、指なのか鼓膜なのかわからなくなる。そこに全員の合唱が乗って、声がピアノととけて混じり合う。

それぞれのパートごとに大きな影が浮かび上がっているようだ。さっきまで聞こえていた観客席のざわめきと似ている。一人一人の声が飛び出していない。けれどざわめきと違って、響くのはSの音だけじゃない。すべての言葉がひとつひとつ、はっきりと僕の耳まで届く。どの音も際立ってうつくしい。ソプラノとアルト、テノール、バス。四つの巨大な音の影が、心地よい和を奏でる。ゆっくりと前後にゆれる。その動きはとても神聖で、僕はピアノに身をゆだねながら聴き惚れてしまう。

青木さんが高い所で手をきゅっと結んだ。そして、しずかにおろす。

ほっと肩をおろす。でもそれも一瞬だ。

僕は楽譜の隣においていたハンカチで手の汗をぬぐった。

次は自由曲。いよいよだ。ついに来た。心音が小鳥のように速くなる。

帽子をとるために橙子が動いたとき、ひやっとした。あきらかに緊張している。光る汗の粒がこめかみから喉をつたい、鎖骨へ流れるのが見えた。

橙子が帽子を手に、ヤマオの方を見た。

すでにストローハットをかぶったヤマオは、平常心で、そこにいる。いま僕には、橙子の後頭部しか見えない。それでも彼女が恐怖でいっぱいの顔をしていることはわかった。

ヤマオが、ゆっくり橙子の方を向いた。目だけで。

「大丈夫だ」とヤマオは言った。

それはほんの一瞬だったけれど、橙子に対する尊重と信頼のつまった視線だった。

橙子はうなずいた。それから何かを決意するように前を向いて、チロリアンハットをかぶった。

観客席から、かすかなどよめきが起きた。たっぷりの照明を浴び、羽根は見事なほどきらめいている。満足げにほほ笑む志穂さんの横顔が目に入った。チロリアンハットが放つ無数の光は、これからヤマオと橙子の先導で作る世界のうつくしさを予感させるものだった。

大丈夫だ。きっとうまくいく。

キャップに白手袋、丸メガネの青木さんはやっぱりアラレちゃんだった。みんなの緊張はほんのすこしだけほぐれるが、橙子の言うとおり吹きだすほどの気持ちのゆるさはない。すこし息がしやすくなる程度だ。

彼ら三人の存在感に隠れるように、僕は僕でこっそりシルクハットを頭に載せた。

ひとつ、深呼吸をする。

そして僕は、青木さんの手に合わせて白黒鍵盤の世界に入っていった。

力強い前奏。鍵盤が跳ねる。

肉体の、内側と外側の境目がわからなくなる。外側の方が広いはずなのに、今の僕には内側の世界の方がはるかに広大に感じられた。身体の中がどこまでも無限に広がっていく。

光が動いた。

ヤマオがゆっくりと前に進み出た。美しいバスの独唱がはじまる。

一音目で観客が息をのんだのがわかった。瞬きも忘れてヤマオに釘付けになる観客たち。僕は、とても誇らしい気持ちになった。

ヤマオの表情が、一変している。眉を思い切りあげて、目をカッと見開いている。ふだんとまったく違う鋭いまなざし。弾きながら、ぶるっと身震いがきた。あごを下げて、語りかけるようにヤマオは低く低く歌い上げる。深みのある声がどこまでも広がる。いさぎよく高らかに、山の頂へ向かっていく。その声は耳から入って脳に伝わり全身をめぐって僕を総毛立たせた。細胞が歓喜する。その太い歌声が暗い調子のまま突き抜けたところで、間奏に入った。万雷の拍手が鳴り響いた。

ヤマオの肩がゆっくり上下する。僕はヤマオを見つめたまま、荘厳な間奏を奏でる。

もうすぐだ。

どうか、どうかうまくいきますように。

橙子が、床を蹴って前へ出る。青木さんのあまりにこわばった頬を見たからか、それともその装いのせいか、橙子はふっと緊張がやわらいだ顔をした。

緑色のチロリアンハットをかぶってすっと立つ橙子は、とてつもなくうつくしかった。毅然として、もはや何に対しても怯えていなかった。

大きく息を吸って、橙子が口を縦にあけた。

次の瞬間、覚悟していたより大きな音が僕の鎖骨にぶつかってきた。鍵盤に載った手に、目で見てわかるほどの鳥肌が立っている。

たった一音で橙子は、観客をその世界に引きずりこんだ。

橙子は、兵士だった。

戦火の残る戦場に、かなしい兵士がひとり、立ち尽くしている。

終わりを悟り、自らの傷をえぐる。残してきた者たちを思い、残していく者たちを思い、最後の迷いを振り切る。もっと息を吸える。吸って橙子は天地に問いかける。これがあたしのさだめだろうか？

それは最初、声だと思った。橙子の背中を押す声、それは観客の拍手だった。

ひときわ強く光る橙子の濡れた瞳に、全身が粟立った。

僕は青木さんの手を必死で追った。テンポが一気に速くなる。伴奏とともに声が勢いを増した。男子が勇ましく盛り上がっていく。大砲がとどろき、馬がいななく。蹄の音とともに女子も追いかける。高音にさらなる高音が覆いかぶさりこだまする。

行け。前進するのだ。決意に向かって突き進め。僕らにはもう何の迷いも悔いもない。なんでもいいから少しでもいいから進んで、這い上がり、胸を張って、僕らはその生涯をかけて守るべきものに到達する。


音楽堂が興奮で沸いている。校長から受け取ったトロフィーを、ヤマオが高く掲げた。歓声がひときわ大きくなる。ヤマオにつづいて橙子が、賞状を受け取った。

金色のトロフィーは、舞台の照明を浴びてきらきらと光り輝いている。

最前列で、青木さんのお母さんがミニタオルで顔を覆っていた。おんおん声をあげて泣いている。その背中を半分あきれ顔でさすっているみゆちゃんに、橙子がちいさく手を振った。みゆちゃんがうれしそうに振り返す。それから橙子は背筋をすっと伸ばし、観客席後方に向かって大きく腕を振った。

それは、僕たちクラスメイトがいる場所ではなかった。僕は拍手の陰でそっとふりむいた。

壁の暗闇にとけるように、ひとりの女性が立っていた。さっき橙子が声をかけた、立ち見の人だ。彼女は涙を流していた。ひっそりと、声を殺して泣いていた。

会場の入り口でクラス全体の記念写真を撮り、解散となってから、橙子がヤマオに近づいた。

「お願いがあるんだけど」

「おう、どうした」

「この賞状をもらいたい」

それを聞くなりヤマオは大きく息を吸い込んで、ふりかえった。

「おーいこれ、千葉さんが持っていてもいいか」

門に向かって散らばっていくクラスメイトに、腹から声を出した。

生徒たちは顔を見合わせて「いいでーす」「私もいいと思う」「おめでとー」などと口ぐちに言った。

「私もオッケー。ほんと、ヒヤヒヤさせられたけど！」青木さんが橙子の背中を叩いた。

「ごめん」

橙子は照れくさそうに笑って、頭を下げた。

「でも一応、先生にも訊いた方がよくない？　私、先生探してくるね」

「あたし、あんま時間ないんだよね」

「事後報告でもいいのかなあ」

迷う青木さんに、僕は言った。

「僕が行ってくる」

「いいの？」

「うん。ちょっと確認したいこともあるから」

担任は音楽堂の片づけをしていた。

賞状の件を話すと、先生は二つ返事でオーケーした。みんなのところへ戻ろうときびすを返しかけたとき、涼ちゃん、と呼ばれた。

全身の毛穴がぶわっとひらいて、汗が吹きだすような感覚をおぼえた。

そこに立っていたのは、芳子さんだった。激しい憤りをこらえているのか、頬や鼻が赤い。会場で芳子さんの姿を見たような気がしたのは、やはり勘違いではなかったのだ。

「今から橙子を乗せて帰るの。ついでだから、涼ちゃん乗っていかない？」

「僕はいいです」

「橙子ちゃんは？」

芳子さんのうしろから母が現れた。顔がすこしこわばっている。

「休んで来てくれたの？」

僕が尋ねると、母ではなく、芳子さんが答えた。

「仕事を休んで、私を連行してきたのよ。とつぜん家に来るからびっくりしたわ」

「そんな言い方」むりやり笑うみたいにして母は言った。

「あ、あの、芳子さん」

「なに？」

僕は息を大きく吸い、強い気持ちで尋ねた。

「橙子の歌を聴いて、どう思いましたか？」

「どう思ったかって？」芳子さんは可笑しそうに訊き返して、答えた。「それは今夜、橙子に直接話すわ。それで橙子はどこ？」

芳子さんは僕を正面から見据えた。目が充血している。

質問に答えろ。その目はそう脅しているように感じた。

「ねえ、今、橙子はどこにいるの？」

ホールの空気が湿り気を帯び、酸素が薄くなっていく。

「早く橙子を連れてきて」

息がくるしい。逃げたい。

けれど感謝もしている。

僕は心の中で唱えた。

ぜんぶの感情を認めて、分けるんだ。引き出しに。

「あの、僕、橙子探してきますね」

きびすを返した僕に、母が言った。

「お願いね」

その声がいつもの母らしくなくて、思わず振り返る。

「わたしたちはここでしばらく先生とお話ししてるから」

母が僕をじっと見た。いつもの母と違う顔。

ひるみそうになるほど強い目だった。黒目の放つ本心を、僕は受け取った。

無言でうなずき、僕はその場を走り去った。

「来てたね」

橙子が言い、ヤマオがうなずいた。

「ああ、来てたな」

僕はうしろを何度も振り返りつつ、会話に加わった。

「誰が来てたって?」

「小学校のときの先生」

説明する橙子に、僕は確認した。

「あ、三好先生?」

「なんで涼ちゃんが知ってんのよ」

言いながら橙子は、はっとしてヤマオを見上げた。

ヤマオの腹のあたりをグーでパンチしたが、びくともしない。ただ一言「悪い」と謝罪した。

橙子はそわそわと門の方を一度見てから、早口に言った。

「ていうかヤマオ、あんなことよく思いついたよね」

「あんなことって?」青木さんが尋ねた。

ヤマオはあごをポリポリかいて黙り込んでいる。

「ヤマオがあの通り迎えにきてくれてほんとたすかった」と橙子は言った。

「ええ? いつ迎えに行ってたの? ずっといた気がしたけど」

僕はヤマオがいないことに気づいていた。でもまさか橙子を迎えに行っているとは思わなかった。なんでぜんぶ一人で、と言いかけて口をつぐんだ。

俺が千葉さんを推薦したんだから責任を取りたい。

あの日、橙子の家の玄関でそう言ったヤマオの横顔が蘇った。

橙子が、自分の鞄から、何かを取り出す。

コーラのボトルだった。中身は空っぽ。

側面に黒いペンで「当日九時、庭」と書いてある。

青木さんが僕を見て、目を白黒させた。

「家にいるあいだはアイスコーヒーを入れておいたんだ」

胸を張る橙子に、ヤマオの頬がゆるんだ。

青木さんが橙子の肩を小突いた。

「じゃあもっと早く舞台袖に来なさいよ！」

「ぎりぎりがいいと思うって、この人が言ったんだもん」橙子がヤマオを指差す。

「ヤマオのせいにするなんて」

僕はあきれ果てながらも、笑った。目の端に滲みそうになる涙を必死でこらえた。

橙子はクレッシェンドを一人でちゃんとやりきった。ソロをやりきった。歌いきった。

なににも頼らずに、自分の足で立ち、身体の底から声を絞り出した。

「ヤマオ」

橙子が呼んだ。

「あたし、自分が何かを『できる』なんて思ったことなかった。いつも『できるわけない』って思ってた」

少しうつむくようにしてヤマオは橙子の話に耳を傾けた。

「でも、今日は『できた』って思った」

ありがとう、と橙子は言った。

おう、とヤマオがうなずいた。

「今日の千葉さんのソロ、最高によかった」

橙子の顔に満面の笑みが広がっていく。見たこともない、白く輝く笑顔だった。

橙子は、もう一度ありがとうと言った。

驚いたことに、その言葉は青木さんと僕に向けられている。

「今日、なにがあってもここで歌わなきゃって思ったのは」

橙子は、目を逸らさずに僕らをまっすぐ見つめていた。

「あんたたちがあたしを待ってるって信じられたから」

胸がつまって声が出ない。

青木さんが自分の両腕を大げさにさすった。

「やめて、なんか気持ち悪い」

声も黒目もゆらめく。四人の笑い声が、高い秋の空に吸い込まれた。

それから橙子は丸めた賞状をしっかり持って、辺りを見回した。そして歩き出す直前、僕に何か言った。

「え？　なに？」

「じゃあね！」

目の高さを、色鮮やかな羽根が通り過ぎた。

スカートをひるがえし、橙子は駆けていく。

門の先、横断歩道の青信号が点滅しはじめる。学ランやセーラー服の生徒たちが向こう側へ渡っていく、その中を、チロリアンハットが流れていった。急かすようなメロディが鳴り、興奮のざわめきと靴音が混じり合って速い流れになる。

涼ちゃんがいてくれてよかったよ。

原色の羽根はゆれながら遠ざかって、見えなくなった。

そんな風にして橙子は夜行バスに乗った。

# 17

○月×日
今も耳に残るあの子の歌声に包まれながら、ひさしぶりにアルバムを手に取った。

ずいぶん長い時間迷ったけれど、勇気を出して、ひらいてみた。

驚いた。

ほんとうに、びっくりした。

どうして。

モノクロじゃない。

ページを一枚めくるごとに、南国の大きな花たちが次々ひらいていくように、鮮やかな色彩が、アルバムの上いっぱいに広がっていく。

なんてうつくしいんだろう。なんて尊いんだろう。

キューピー人形を抱いて、今にも泣きだしそうな顔をしているあの子。

髪の毛を自分で切ってしまったあの子。

そのどれもが、信じられないくらい色とりどりで、きらきらと光り輝いていた。
なんて愛しいんだろう。
抱き上げたときのやわらかな重みと、笑い声。
私の指を握りしめる、ちいさな手。
胸がしめつけられるのは、うまくやれなかったと思うからだ。
耳元で、盛大な拍手が蘇る。
音楽堂に響き渡る歓声。
あれからもうずいぶん経つのに、今でも私は一瞬であの場所に戻ることができる。
あの子の歌声には力があった。前を向いて生きていく力をもらった。
そのことを伝えたいのに、手放しで褒めたいのに、あの子はもうここにはいない。

あの日。
あの子が出ていったとわかったとき、私はまず彼の家へ行った。
私がいない隙を狙って、あの子を連れだした、身体の大きな男。
粗末な小屋みたいな家の脇に、古いバイクが停めてあった。
呼び鈴がなかったので扉をノックしようとした瞬間、彼が出てきた。
彼は私を見ても、まったく動じなかった。

口をひらきかけた私を制するように、

「母が奥で寝ているので」

ひっそり言って、近くの公園へ促した。

あの子の居場所を尋ねても、卑怯な男だとなじっても、どれほどの罵声を浴びせても彼は黙っていた。じっと、身じろぎ一つせず、私の話を聴き続けた。

激しい怒りは、なかなか収まらなかった。

どうして私だけがいつもこんな目に遭わなければならないのか。私は大声で彼を責め続けた。いつまでもいつまでも。

すべて吐き出し終えると、肩で息をしながら彼を見た。

彼は、私をまっすぐ見つめていた。

その目には、軽蔑も、恐れもなかった。

そこにいる私を、彼はただ、そのまま、見つめていた。

なにか一言くらい、ないの。

気まずくなって訊いた私に、彼は驚くべきことを口にした。

ありがとうございます。

彼は、そう言ったのだ。

「橙子さんを育てようと決めて、立派に育ててくれて、ありがとうございます」

となりに座る私の目を見て、彼は低く落ち着いた声で、はっきりと言った。

「橙子さんの歌声を聴いて、俺は生きようと思いました」

彼は立ち上がり、頭を下げた。

後頭部が見えるほど深く、長く。

そして「すみません、バイトに行ってきます」と公園を出ていった。

ゆっくり、大股で歩いて。

私は茫然と彼の大きな背中を見送った。

しばらくその場所に留まり、それから、家へ向かって歩いた。

無力感でいっぱいだった。生きているのか死んでいるのかわからないような心地で、誰とも喋らず、目も合わせず、私はただ左右の足を交互に動かした。

家の中に入るなり涙があふれた。

ドアにもたれ、声を殺して泣いた。

時間の感覚がなくなるほど長いあいだそこにいたと思う。ひどい頭痛がした。

しびれてふらつく足で階段を上がった。

あの子の部屋に入り、机の前にへたりこんだ。

そこでまた、ひとしきり泣いた。

喉が干上がったようにカラカラで、何か飲みたいと思うのに、立ち上がる気力がない。

夜が深更になっていつの間にか夜明けを迎えた。

頭の中を同じ言葉がぐるぐる駆け巡る。発してしまった取り返しのつかない言葉が胸をえぐる。

本棚が、昇り始めた太陽の赤に照らされた。

吸い寄せられるように、私は手を伸ばした。

Uという、あの子が好きだった漫画家の本が、そこにあった。

背表紙を一冊ずつ指で撫でていく。

一生懸命集めていた本すら置いていくほど一刻も早く私から逃げたかったのだ。

そう思ってまた胸が痛んだが、よく注意して見てみると、ここにあるのがすべてではないようだった。手に入りにくいものは持っていったのかもしれない。

指をひっかけて一冊、取り出した。

パラパラめくっていると、中から紙が一枚、ふわっと舞い上がった。

つかもうとしたが間に合わず、それはベッドの方へ飛び、さらに床の上をすべっていった。

膝をつき、ハイハイするように追いかけて、手に取った。

写真だった。

うつっていたのは、私。

白いプレートに盛られたサンドイッチやケーキ、スコーンの向こうに、銀のナイフとフォークを持って、私がひとり座っている。

どこへ行くにもカメラを持ち歩いていたのは、あの子が何歳になるまでだっただろう。

中学にあがると、あの子は写真を露骨に嫌がるようになった。私も撮る気が失せていき、一念発起して購入した一眼レフは、いつしか引き出しの奥深くに仕舞いこまれた。

そうなる前、小学校中学年くらいまでは、あの子はカメラにとても興味を持っていた。壊されたらいやなので、何度も使い方を確認してから手渡した。

レンズの向こうで、あの子は決まってこう言った。

お母さん、笑って。

漫画本に挟んであった写真は、ぼろぼろで、色褪せていた。

この写真を撮った日のことは、よく憶えている。

あの子は小四になっても夜眠るときはおむつを穿いていた。そんなことは恥ずかしくて誰にも言えなかった。おねしょをしなかったらカレンダーにご褒美シールを貼るようにして、「一か月連続で成功したら行きたいところに連れて行ってあげる」と約束をした。

ついにその日がやってきたとき、あの子の望みは「お母さんとケーキを食べに行きたい」だった。奮発してお皿三段重ねのアフタヌーンティーに連れて行くと、あの子は、驚嘆の声をあげ手を叩いて大喜びした。こちらが恥ずかしくなるほどのはしゃぎようだった。ハミングしながら身体を揺らしてみたり、目を丸く見開いて、笑ったり、感動したり、表情がくるくる変わった。

ぜんぶあげたい。

心の底からそう思った。ここに盛られたケーキぜんぶ、この子にあげよう。私の持っているすべてをこの子にあげよう。

お母さん、カメラを貸して。

てっきり豪華なデザートと紅茶セットを撮るのだと思って渡したら、あの子はレンズを私に向けた。

笑って、とそのときは言われなかった。

だって私は、とっくに笑っていたから。あの子のことが愛しくて、愛しくて、大切でたまらなくて、笑っていたから。

成長したあの子は、この写真を、どんな気持ちで見ていたんだろう。

あのときみたいに笑って。そう思っていたのではないか。

私の笑顔が見たかったただろう。いつも温かな目で自分を見つめてほしかったただろう。

どうして私は、もっとあの子に笑いかけなかったのだろう。

あの子のことが大好きだったのに。

写真は、くしゃくしゃにしてから、広げた形跡があった。

きっと私に対して腹が立ったとき、丸めて捨てようとしたのだ。

でも捨てずに、掌で伸ばして、またここに仕舞ってくれた。

そのことが宝で、ありがたくて、でも悲しくて仕方がない。

捨てると決めたあとに、必死で皺を伸ばしているあの子の姿が、頭にこびりついて離れない。

私は、朝焼けの中で写真を抱きしめ泣き続けた。


あの日から何度も考えた。

あの子の歌声を、もっと早くに聴いていたら。

考えても仕方のないことを、繰り返し考えてしまう。

この先いつかまた、聴ける日がくるだろうか。

涙を拭い、アルバムに見入る。

ぼろぼろの写真は、空いていたスペースに挟み込んだ。

あの子が撮ってくれた私の笑顔。

あんなに激しく憎しみあっても捨てないでいてくれた、笑った私。

生きて、いかなくてはならない。

私は生きていかなくてはならない。生きて、あの子を遠くからそっと守るように大切にする、きっとそんな愛し方もある。

アルバムに涙がこぼれる。涙の水たまりで、あの子が笑っている。

私を見上げる、あの子の清らかな瞳。ちいさな背中。

私は今、はっきりと思い出す。

すべての瞬間に、それまで味わったことのないような喜びを感じた。このちいさな存在のために、何としてでも生き抜いて、あの子に降り注ぐすべての矢を受け止める盾となって、守ってあげたいと願った。

そんな日々が、確かにあった。

この作品は二〇一九年六月にポプラ社より刊行されたものです。
物語の内容はフィクションであり、実在する個人・団体とは一切関係がありません。

# 愛を知らない

一木けい

2021年9月5日　第1刷発行

発行者　千葉 均
発行所　株式会社ポプラ社
〒102-8519　東京都千代田区麹町4-2-6
ホームページ　www.poplar.co.jp
フォーマットデザイン　bookwall
組版・校正　株式会社鷗来堂
印刷・製本　中央精版印刷株式会社


N.D.C.913/262p/15cm　ISBN978-4-591-17126-4

落丁・乱丁本はお取り替えいたします。

電話(0120-666-553)または、ホームページ(www.poplar.co.jp)のお問い合わせ一覧よりご連絡ください。
※受付時間は月～金曜日、10時～17時です(祝日・休日は除く)。



P8101429
JASRAC 出　2107009-101